笔的重量

默音 著

浙江文艺出版社
Zhejiang Literature & Art Publishing House

图书在版编目（CIP）数据

笔的重量 / 默音著. -- 杭州：浙江文艺出版社, 2025.3. -- ISBN 978-7-5339-7878-5

Ⅰ. I313.065

中国国家版本馆CIP数据核字第20252GR289号

策划编辑	张恩惠
责任编辑	张恩惠　汤明明
责任校对	陈　玲
责任印制	吴春娟
封面设计	山川制本 workshop
营销编辑	詹雯婷
数字编辑	姜梦冉　诸婧琦

笔的重量

默音　著

出版发行	浙江文艺出版社
地　址	杭州市环城北路177号
邮　编	310003
电　话	0571-85176953（总编办） 0571-85152727（市场部）
制　版	杭州天一图文制作有限公司
印　刷	浙江新华数码印务有限公司
开　本	787毫米×1092毫米　1/32
字　数	118千字
印　张	7.125
插　页	5
版　次	2025年3月第1版
印　次	2025年3月第1次印刷
书　号	ISBN 978-7-5339-7878-5
定　价	68.00元

版权所有　侵权必究

自　序

我在其他地方写过自学日语的经历，在此不赘述，只简单讲几句。和大多数日语专业的人不同，我的起点是自学，然后在工作中学习，二十七岁那年考入上海外国语大学研究生部日本文学专业，算是进一步夯实基础。虽然吭哧吭哧花了许多年学语言、读日本小说，但我一开始并没有想要以此为业，毕业后，先从事了几年自由职业，然后到出版社待了七年，做日本引进版图书，这并非水到渠成，仅仅是出于自由写作者的窘迫：既然经济上无法独立，那就上班吧。

当编辑的时候，有大量的外版样书可读，听起来很幸福。实际上，编辑不得不追着知名作者和奖项读书，相对功利。2019年，我从出版社辞职，重新开始以写作为生。对收入的担忧再次浮现，便接了文学翻译工作：樋口一叶的选集，包含小说和日记。在翻译的过程中，我想更多地了解一叶其人，遂购入大量资料，一头扎进明治时代的文坛过往，最终在翻译之余，写了一篇关于她的长文《一叶，在明治的尘世中》。仿佛嫌这样还不够，我又写了一则发生在现代东京的小说，登场人物中的两位，明显有樋口姐妹（一叶和邦子）的影子。也许对我来说，接近某个业已逝去的存在，最好的方法，仍然是将其写成小说。这篇收在小说集《她的生活》，与本书第二篇同名，是出于某种致敬。

本书收录的，除了樋口一叶，还有日本其他女作家的故事。她们正好能按时间连成一条线，由明治、大正到昭和。她们当中有的彼此相识，有的毫不相干，却有文脉上的隐含联系。例如，《她的生活》的主人公田村俊子，是近代靠稿费实现经济独立的女作家先驱，她年少时曾模仿一叶的写法，未获成功，到后期才逐渐找到属于自己的文字风格。《笔的重量》是体量较为轻盈的一则，其中的尾竹红吉（富本一枝）、长沼（高村）智惠子，都与田村俊子相熟，后者更是一度成为俊子小说的主人公。当时间线来到与我们更为接近的20世纪后半叶，《口述笔记员的声音》讲述了武田百合子是如何逐一抖落生活赋予她的表象——主妇、作家之妻、丈夫的口述笔记员——终于回归自我，成为知名随笔作家。

梳理这些女性的写作历程，等于是透过文字资料重新端详她们走过的路，我在其中看到种种阻碍和限制，来自社会、家庭、性别和其他因素。她们能越过外部和自身的障碍，留下文字，给我们这些后人阅读，何其珍贵。我很高兴自己能有一段时间与她们同行，并写出她们的故事。尽管她们与我们生活在不同的国家和年代，但她们的际遇放在当代中国似乎也可成立。也许这也说明，一百多年来，女性境遇的变化并不彻底。

关于田村俊子和武田百合子，同样地，我在非虚构作品之外创作了小说，也收在前面提到的小说集中。这两本书，非虚构与虚构，在某种意义上互为映照。如果你读完她们的真实生活，想要走进由想象力重构的世界，不妨一试。反过来，如果你先读到那些与她们有关的小说，可以通过这本书铺就的小路，走入历史的罅隙，眺望她们的人生瞬间。

默音

目 录

一叶，在明治的尘世中 /001

她的生活 /051

笔的重量 /145

口述笔记员的声音 /165

一叶,在明治的尘世中

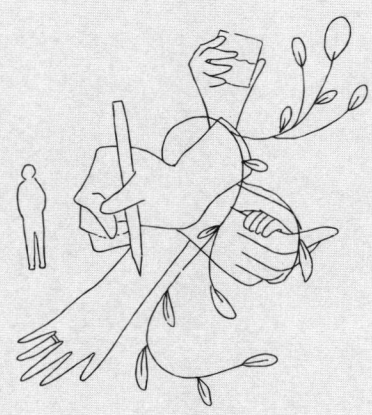

这本日记就像一面镜子……
不管照镜子的人怎么想,
终将被卷进一个年轻、贫穷、投身于文学的女性的奇诡命运中,
只能随着她一道走过身不由己的人生险道。

对国内读者来说，樋口一叶可能是个陌生的名字。如果进一步解释，说她是"五千日元小姐"，头像印在五千日元纸币①上的那位，大概能获得一声"哦"。

即便在日本，熟悉樋口一叶的作品乃至其生平的人，也不多。她活跃于明治二十年代中后期②的文坛，距今已有一百二十多年。造成隔膜的缘由不只是年代久远，更主要的是因为她的雅俗折中体（半文半白）对现代日语读者来说很难阅读，其难度远超我们的中学生读古文。

因为翻译《青梅竹马：樋口一叶选集》（浙江文艺出

---

① 2004年版的五千日元纸币头像为樋口一叶，这是日本银行发行的纸币第一次出现女性形象。2024年版改为教育家津田梅子。

② 樋口一叶最主要的创作期为明治二十八到二十九年（1895—1896）。为便于读者阅读，本书采用公元纪年，对一些重要时间节点在括号内标注日本纪年。

版社，2021）的缘故，整整十个月，我沉浸在一叶的世界中，读了她的小说、日记，又出于私人的好奇心，搜罗了一堆别人写她的资料。既有所得，便想要分享我眼中这位19世纪末的小说作者。

日本文学研究者常说："樋口一叶是进入明治以来最初的女作家。"这种表述其实不大准确。但有一点倒是没错，要谈一叶，总离不开明治。

长在明治初

一叶的父母在他们年轻的时候从乡下来到江户，为的是追寻爱情，也为了更好的生活。樋口大吉和古屋彩芽出生在甲斐国山梨郡中萩原村的中农家庭，小时候一道在寺院念书，是青梅竹马的恋人。大吉的父亲樋口八左卫门自号南乔，写俳谐、狂歌等，在农耕之余教村里的孩子写字，为不识字的农民代笔。他喜欢帮人排忧解难，当他住的村子与邻村发生用水纷争时，他前往江户找官员告状，结果被判在家戴手枷一个月。

不知道是不是古屋家不喜欢樋口老爷子的性格，还是有其他原因，总之，女方家庭反对大吉和彩芽的婚事。但彩芽已有身孕，两人选择私奔。为支付旅费，大吉卖掉了家中一百多册藏书，八左卫门对此未做追究，算是默认了长子丢下家业去东京奔前程的做法。

同乡真下专之丞已在京城站稳脚跟，靠他的介绍，大吉在蕃书调所①做低级职员，彩芽生下长女藤，不久便去给旗本②稻叶大膳家当乳母。

和那时很多日本人一样，樋口夫妻多次改名，两人最终的常用名是樋口则义和樋口多喜。他们奋斗十年，终于买下武士的身份，然而就在第二年，日本跨入明治时代，江户变成首都东京，旧士族的身份成为虚无的名头。时代的更迭将一些人顺风顺水的人生颠覆，多喜当过乳母的稻叶家就此败落。樋口家对新时代适应得不错，则义当上了东京府下级官吏，兼职放高利贷。根据1875年（明治八年）5月的《官员录》，樋口则义月薪四十元。这份收入在当时属于中等偏上家庭。

樋口家有五个孩子，分别是藤、泉太郎、虎之助、一

---

① 蕃书调所，江户幕府直辖的西方学问研究教育机构。
② 旗本，俸禄不满一万石但拥有面见幕府将军资格的武士，算是一方小诸侯。

叶①和邦子。

一叶四岁那年,则义辞职,专门从事不动产买卖和放高利贷。他在本乡六丁目买下一栋大房子,其位于东京帝国大学(今天的东京大学)红门对面,与法真寺接壤。樋口家经历过多次搬家,全家在一起并且生活最安定的时期,就是住在这栋房子的几年。对隔壁寺院的描写,在一叶的小说《行云》中出现。六岁起,一叶就经常躲在父亲的仓库木屋里阅读草双纸②,因此患上了高度近视。她和别人提过,自己六岁那年仅用三天时间就读完了曲亭马琴的《八犬传》。她在日记中也回忆道,那时候最爱看英雄豪杰之类的故事书,视金钱如尘芥。

则义不上班的日子持续了一年,后来边担任公职边放贷。一叶九岁那年,则义卖了房子,到警视厅警视所工作,月薪二十元。

五六岁间,一叶断续上过学。重新入学是在九岁。十一岁,她以第一名的成绩从私立青海学校小学高等科第四级毕业,从此退学。

---

① 樋口一叶原名樋口夏子,使用"一叶"作为笔名,其意象来自苏东坡《赤壁赋》"驾一叶之扁舟"和曲亭马琴的《渡江之达摩》。

② 草双纸,指日本古典通俗小说的一种,配插图的传奇小说。

没有继续念书，是因为多喜觉得比起学习，一叶更该学习女红，便于将来出嫁。长女藤第一次婚姻失败后又改嫁，做母亲的自然会忧心第二个女儿。而且一叶与妹妹邦子不同，没有继承母亲的白皮肤高个子，她身材矮小，皮肤微黑，头发稀少。做母亲的自然更为容貌略输一筹的女儿担心。

一叶后来在随笔中写母亲："妈妈是个只在意名声的人，她曾经说过：'要是孩子从事贱业，我就去死；如果要赡养我，那就做不显得难看的工作。'"

十二岁起，一叶开始在父亲的熟人松永政爱的妻子那里学缝纫。也是在松永家，她遇到了涩谷三郎。

三郎是则义上京时的恩人真下专之丞和外室的孙子。两人邂逅时，一叶十三岁，三郎十八岁。那时，三郎参加了自由民权运动的结社融贯社，对运动感到失望，正打算退出。从此三郎就常常到樋口家玩，还带一叶和妹妹去庙会和寄席（曲艺演出场所）。当时樋口家基本默认三郎是一叶的未婚夫。

退学后的一叶仍然有心向学，格外疼爱她的父亲也明白女儿的心思。到了1886年（明治十九年），通过父亲朋友的介绍，十四岁的一叶进入荻之舍。那是一所教授古典、书法与和歌的私塾，主持人是中岛歌子。

歌子出身于富商家庭，十岁到十五岁期间在水户藩的分家松平播磨守当殿前侍女。她父亲买下了江户的旅馆池田屋，水户藩的人因公干到江户，总住在该旅馆。因这层缘故，歌子在十六岁时和水户藩士林忠左卫门恋爱，十八岁嫁给他。林忠左卫门属于水户藩的天狗党（勤皇派），在派系内斗中自杀。十九岁的歌子因此入狱两个月。随后，她和小姑子带着住在川越的母亲，一道返回江户，住在池田屋附近的小石川安藤坂。四年后，迎来了明治时代。歌子决心追求歌道，早在出狱后不久成了加藤前浪的门人，三十二岁开设荻之舍。全盛时期，荻之舍门人过千。一叶入门时，歌子四十一岁。

荻之舍每周六上课，现场根据题目咏和歌，由担任"抄写员"的学生负责誊写，隐去名字交给老师打分。一叶经常担任抄写工作。另外，学生们每周要交五个题目的和歌给老师批改。每月九日召开歌会，参会者互相点评，第一名在众人面前领取奖品，通常是纸张或花瓶。当时的著名歌人小出粲、铃木重岭、伊东祐命等人也常出席荻之舍的月会。

入学金一元，每月学费五十钱①。樋口家的家境虽比

---

① 元、钱、厘，日本货币单位。1元=100钱=1000厘，明治时代的硬币有5钱、2钱、1钱、半钱、1厘等，在1953年停止使用。

早先稍微走下坡，这笔钱还是出得起的。不过，中等家庭的女孩，面对上流社会的太太小姐们，内心难免自卑。她十五岁时写下的《身上衣·卷一》，记录了第一次参加歌会的事，她为穿什么而烦恼，妈妈从别处弄来旧衣，改了尺寸。在姹紫嫣红间显得朴素的一叶在那次歌会上拔得头筹，从犹如灰姑娘故事的叙述中，不难看出她为才气自傲的小心思。

1887年（明治二十年）前后，是新文学开始展现的阶段。文学书成为单独的出版品类，差不多是在那之前四五年。更早的时候，坊间多是翻刻的话本，例如一叶小时候爱读的曲亭马琴的作品。

坪内逍遥的《当世书生气质》是1885—1886年间一部重要的出版物，分为十七册陆续出版，可谓红极一时。这部小说以写实主义的风格描述了当时的学生生活和社会风气。

同样在1885年，在东京大学预备门（第一高等学校的前身）念书的山田美妙、尾崎红叶都只有十七岁，他们一同成立砚友社，发行手抄本传阅杂志《我乐多文库》。几年后，因广受好评，杂志开始正式印刷和售卖。1887年，美妙在《读卖新闻》发表言文一致体小说《武藏野》。第

笔的重量

二年,美妙出版短篇集《夏树林》,并为金港堂主持全新的纯文学杂志《都花》,和砚友社疏远。

同一时期,日本古典的翻印逐渐形成潮流。当时最大的出版社博文馆的文学丛书、歌学丛书大都是定价十几钱到二十钱的粗陋书籍,因为价廉,且便于携带和阅读(铅字印刷比早先的刻本易读),很多人从此有了接触古典的机会。近松门左卫门和井原西鹤,也在这时重新为世人所知。

1887年还有一件事,就是二叶亭四迷的《浮云》面世。这部小说不仅用了言文一致体,而且是写实主义,与从前的小说站在完全不同的起点上。之后,二叶亭四迷翻译了一部分屠格涅夫的《猎人日记》,也对日本文坛造成一定影响。

此时的一叶还没开始写小说。她在荻之舍最要好的同学是伊东夏子和田中美浓子,自称"平民三人组"。从称呼就能看出,是身份将她们聚集到一起,尽管除了伊东夏子,另外两人是旧士族家的女儿。伊东夏子后来回忆道:"中岛老师的弟子多是华族或高官家的小姐,所以我们三个平民经常一道帮着招待来参加歌会的客人们。"

就读于骏台英和女校的伊东夏子和一叶同岁,家里世代为德川家养鹰，是富裕之家。她继承了母亲的姓，父亲入赘伊东家。她母亲也是荻之舍的门生，母女俩在一叶日记中多次出现。

田中美浓子比一叶大十五岁，生于松江藩士家庭。丈夫死后，她和儿子以及寄宿的书生一起生活。因气质洒脱，爱打扮，荻之舍众人谣传她曾从事风月行业。

作家樋口一叶的诞生，与荻之舍另一名出身显赫的学生田边龙子有关。

龙子比一叶大四岁，她父亲田边太一在幕府时代身居高位，维新后做了元老院议官。太一在生活方面毫无节制，虽然有大宅和仆佣，但实际上家境窘迫，常有讨债人守在门口。龙子从十三岁开始出入荻之舍，十九岁就读东京高等女学校（御茶水女子大学的前身）。无论是伊东夏子还是田边龙子，接受的都是新式女校教育，荻之舍对她们来说只是增进教养的课外班。龙子这样回忆女校时期："当时的御茶水是所谓欧化主义的全盛期，女学生们流行的是马尾辫加洋装的新潮打扮，星期六下午，学校会召开叫作'和乐会'的舞会。"

因为学业忙碌，龙子通常不去上荻之舍每周六的课，只参加月度歌会。一叶刚进荻之舍，就给龙子留下了深刻的印象。歌会的午餐席上,龙子和同伴发现什锦醋饭的盘子上有《赤壁赋》的句子,龙子念道,"清风徐来",面生的少女一边倒茶一边读剩下的部分,"水波不兴"。用训读念汉文,是知识阶层才有的能力,龙子觉得新来的女生有点炫耀的意味。她还记得,一叶的服装像老太太穿的,蓝色格纹夹衣,暗紫色衬领,银簪子根部缀着小小的珊瑚珠。

不过,对龙子的这番回忆,伊东夏子后来在文章中加以驳斥,说月末的歌会从来只有茶点,没有饭菜。两人印象中的一叶截然不同,不仅在这一处细节。不知是记忆的误差,还是因为无论是谁,在不同的人面前总会呈现截然不同的一面。

龙子在1888年以"花圃"的笔名出版小说《树丛莺》,对外的说法是"为了赚取稿费给哥哥办法事"。她拿到三十三元二十钱稿费,用这笔钱请落语大家讲落语,并向来宾分发染有竹子和树莺纹样的单衣,可谓赚钱漂亮花钱风雅。实际上,小说得以出版的背后,是她父亲先找坪内逍遥为稿子润色,然后交给熟识的出版商金港堂。书中,爱好西洋的新华族女性遭遇爱的破灭,学习和歌的女子却获得幸福的婚姻,可以看出龙子传统的价值观。

龙子不是明治第一个出书的女作家。早在1886年,女权运动家岸田俊子就以"中岛湘烟"为笔名,在《女学杂志》发表论说文章。次年,她出版了小说《善恶之歧》。该作品并非原创,而是改写自英国作家爱德华·布尔渥-利顿的《尤金·阿拉姆》。

当时《女学杂志》的主题包括男女的交往自由、早婚和晚婚、妇女会、束发方法等,并谈及,女子从事写作是一种改善经济的做法。虽然只是把写作当作"优雅的副业",但比起过去,确实有了进步。

龙子出书一事,给一叶留下深刻的印象,也直接促成她在接近龙子写小说的年纪提笔写作。

这时的樋口家未能一帆风顺,一叶的大哥意外去世,1888年(明治二十一年),十六岁的一叶成为户主。父亲则义筹建车马行会,想大干一场,然而生意失败,卧床不起,在翌年7月去世。值此变故,母亲多喜向三郎重提婚事,三郎先是答应,随后狮子大张口,索要高额嫁妆。多喜一怒之下便将婚事取消。明治时代的人际关系在今天看来有些难懂,三郎此后仍维持着与樋口家的日常以及年节来往。此事还有段后话,两年后,他重新向已成为女作家的一叶提出婚约,被拒。

笔的重量

三郎后来做了坂本家的养子，不知为何，他改姓"阪本"，与养父的姓有一字之差。他在新潟裁判所担任检事、判事，赴德国留学归国后，又担任东京控诉院判事、秋田县知事、山梨县知事、早稻田专门学校校长等职，最终娶了贵族院议员的女儿为妻。

一叶为什么会是户主呢？她原本有个二哥虎之助，早就分家出去（最初是为了逃避兵役）。虎之助在萨摩陶艺师身边当了六年学徒，出师后自立门户。他性格比较"独"，父亲过世后，母亲和两个妹妹投靠他，家里纷争不断，主要是他与母亲之间常生矛盾。1890年，一叶住进歌子老师家，先是作为内弟子深得宠爱，两个月后，因为女佣的离开，她的境遇急转直下，做起了厨房和打扫的活儿，所以她在老师家只待了五个月就离开了，在菊坂租了房子，将母亲和妹妹接过去同住。

明治时代，三个女人的家庭该靠什么生活？答案很简单，洗衣，缝纫。此外，妹妹邦子还接了做草履鞋面的活计。樋口家的日子虽穷，自有乐趣。一叶1891年6月的日记《戏笔（一）》中，有这样的记录——

妈妈想在家里种点蔬菜，买了苗。买的时候说是黄瓜，养了一阵，样子有点奇怪，问了熟人，说大概是牵牛花。我高兴起来，盼着开花。等开了花一看，是黄色的。心想好奇怪呀，再去问，说大概是丝瓜吧。那么可以做丝瓜水，于是我准备等它结果，然而事实上，这是冬瓜。①

这一年，一叶写了十章左右的小说习作。

租屋在菊坂，是因为歌子老师建议樋口一家住在附近，说会托人让一叶去教书。实际上，要成为高中老师，首先必须从高等女子师范毕业，而一叶显然不具备资格。来年春天，教师资格考试开始，老师那边仍无消息。

遇见桃水

头几年的一叶日记比较零碎，成系列的记录始于1891年（明治二十四年）4月，这一年第一册日记的封面标题是《嫩叶下》。差不多也是从这时起，日记作者开始写一手漂亮的千荫流草书，也开始用雅俗折中体，叙述部分用

---

① 本书所有引文均为自译。

文言文，对话部分用口语。

一叶最后一共留下四十四册日记。每册从十几张纸到四十多张纸不等，多为半纸对折装订，横二十四厘米、竖十六厘米的横长本子，竖写。

《东京朝日新闻》记者兼小说作者半井桃水第一次出现在日记中，是在1891年4月15日。在这里需要注意的是，不论作者有没有想过将日记留存为"作品"，她所熟悉的王朝女性文学，如《蜻蛉日记》《紫式部日记》，包括《枕草子》，其实都是某种意义上的私小说，有艺术加工的成分，所以一叶日记中的细节也未必全部真实。

最初两人相识的契机是邦子的朋友野野宫起久。起久是桃水的妹妹的同学，经常出入半井家。她了解樋口姐妹的家境，介绍她们帮半井家做洗衣缝补的活儿。一叶去了几回，为的是取送衣物。日记对此写得隐晦，"以前因为有事去找住在他家的姓鹤田①的，所以认得路"。

到那个家等了一会儿，见到了桃水。比一叶年长近一轮的他谈了小说观——

---

① 这里指鹤田民子，半井桃水的妹妹幸子的同学，在半井家借宿。

先生接着说:"你想写小说一事,我听野野官君详细说明了。我知道你的生活很辛苦,不过暂时还请忍耐。我虽然不具备当老师的才能,但如果想和我聊,随时都可以。不用客气。"

这话说得亲切,我高兴极了,落下泪来。

最后,桃水还请她吃了晚饭。从一叶的角度,整个初见的过程充满一见钟情的恍惚,也有从此成为师生的喜悦。

然而在1907年,一叶去世十一年后,桃水写在《中央公论》杂志的《一叶女史》,有另一种说法——

她在面色并不娇艳的脸上挤出一些活泼的神色,静静地进屋,用三指撑地,头也不抬,深呼吸两三次,以低而清晰的声音,十分殷勤地打了招呼。简直就像以前的正殿女佣担任使者来到我们家,她似乎一心努力不让人感到傲慢,并要呈现出女人味。我和弟妹劝她坐到坐垫上,嘴都劝酸了,可她就是不肯。这样正襟危坐地聊了两个小时,我们的腿都快跪断了。她这么费劲地对坐了两个小时,却没谈什么正事就走了。几天后,她通过野野官对我说,自己想写小

笔的重量

说……

得知对方的来意，两人又见了一次，这次桃水一本正经地劝她，大意是女性写小说容易受到各种批评，而且你看起来身体羸弱，还是从事其他工作为好……

总之，两人的记述是迥异的。一叶日记出版，要到1912年（明治四十五年），桃水写这篇文章时尚未读过她的日记。他们初见时，一叶十九岁，桃水三十岁。按照明治年龄的算法，虚岁二十岁已经是成年女子，无法被当作少女。

桃水的劝说无效，一叶开始将小说稿子带去给桃水过目。桃水认为，她的小说是拘谨的雅文体，不适合报纸的通俗读者。小说连续两次被拒后，一叶在回家的路上想到了自杀。对创作的焦灼让她开始频繁去图书馆看书，以弥补自身的不足。其间，桃水对樋口家有过一些经济上的援助。鹤田民子和桃水的弟弟生了个孩子，但传到一叶耳朵里，不知怎的变成了"孩子是桃水的"，她因此有段时间不怎么去对方家，直到秋天才又上门。

断断续续交往中，一叶与桃水逐渐变得熟稔，经济往来一直没断。1891年12月的日记片段提到，"今天是桃水先生答应带钱来的日子"。

1892年初,一叶去桃水家拜年,没见到他,便进门四下张望,放下礼物离开。这番举动不太像旧士族女子该有的。2月4日,她在雪中前去,桃水还在睡,她守在外间等他起床。桃水到午后一点才醒,发现有客,慌忙披衣洗漱,生火,做了红豆年糕汤款待她。男女共处一室,酝酿出亲密又暧昧的氛围,如炉火般烘人。日记中对此有详细的记述,由此,濑户内寂听在《我的樋口一叶》一书中主张"一叶和桃水是情人"。究竟如何,在桃水本人矢口否认的情况下,不得而知。

这一年,桃水创办了文学杂志《武藏野》。他发下豪言壮语:"《都花》销量两千五,《难波潟》也是两千五,我们《武藏野》要卖五千本。"创刊号发布前,他就决定刊登一叶的小说。想到家里会有稿费进账,1月,多喜向亡夫的前上司森照次借款。照次答应从该月起每个月援助八元,共半年。樋口家母女三人多少维持着旧士族的生活方式,每个月生活费差不多八元。然而到了3月中下旬,仍未见《武藏野》出刊,照次认为一叶自立无望,便不再提供经济援助。无助之下,一叶去找桃水商量,桃水又帮她找了《改进新闻》。3月底,《武藏野》第一期终于面世,刊登了一叶的处女作《暗樱》。4月,她在《改进新闻》发表了《别霜》。

《暗樱》讲述的是少女的暗恋,整体较为稚嫩。千代和邻居良之助自幼青梅竹马,千代自以为把对方当作哥哥一般。两人去逛摩利支天的庙会,偶遇千代的同学,被调侃了一句"郎情妾意",千代惊觉心中隐藏的感情,从此一病不起。最后,千代的生命已如风中烛,她留给良之助一只戒指,一句"明天向你道歉"。

这期杂志出刊的时候,樋口一家以为,一叶将成为新晋女作家,但《武藏野》的作者基本都是新人,在报纸上的曝光也不多。

4月发行的《武藏野》第二期,刊登了一叶的《揽袖带》,5月的第三期有《五月雨》。第三篇小说交稿的时候,一叶得知杂志入不敷出,即将停刊。5月10日的日记出现了她做鞋面的记录。这项劳动持续了三天,仿佛她想要通过逼迫身体劳动来消解内心的无依感。此时桃水患痔疮,卧病不起,更增强了她的不安。月末的日记中,她表现出想要和桃水断交的意思。

两人的关系彻底发生转折,是在1892年6月。起因是歌子老师的母亲去世,一叶连续几天在老师家帮忙张罗,伊东夏子将她拉到一旁，质问她与桃水的关系。后来她与老师聊，本想澄清自己，却发现在荻之舍，她和桃水的绯闻传得沸沸扬扬。在老师的建议下，她写信与桃水正式断交。

就在不久之前，桃水提过要把她介绍给文坛大家尾崎红叶（有些研究者认为，桃水只是想转嫁一叶带来的财政压力）。出于礼数，一叶还写了一封给尾崎红叶的信，说明不能见面的理由，请桃水转交。一叶去世后，桃水才将这封信转交给红叶留念，红叶为之欣喜。

尾崎红叶和幸田露伴是当时风头最健的作家，有个说法叫作"红露时代"。两人曾是中学同学，红叶十几岁办杂志，露伴因为家境的缘故，求学路坎坷，进了电信局工作，二十出头开始写作。一叶成名后，曾向友人表示，她看不上红叶，喜欢露伴的作品。

或许是经济所迫，6月15日刚和桃水见面并表示今后不能再来往的一叶，在第二天就找了田边龙子，请她介绍新的投稿门路。

> 田边君来，聊了许多。我讲了半井君的事。和她商量，与半井君断交后，能否在《都花》上写东西。

她玩了很久才回去。

《都花》是金港堂发行的文学杂志,每月两期,定价十钱。其实《都花》在当时正处于下坡,不过对不了解出版界的一叶来说,还是响当当的杂志。龙子答应帮忙。7月,一叶开始为金港堂写新小说。

桃水并未从此离开一叶日记的叙述。虽然在两人断交前后,日记呈现出对他的愤恨,其后的几年间,桃水仍不时登场,有时是回忆的片段,有时日记主人偷偷去见他,再后来,两人多少恢复了正式的联系。

包含日记的《一叶全集》出版后,桃水写道——

> 我曾经确信,一叶女史的心中,甚至不允许映出恋爱的影子……她是用和歌咏恋爱的人,而不是实行恋爱的人。她努力将恋爱理想化,并且她懂得,理想的恋爱应该咏在和歌里,而不是用来实现。读了她的日记,我这才知道,自己成了她的理想恋爱的研究材料的一部分。

无论在文章里还是在演讲中,桃水一直强调自己"不知情"，并强调一叶的性格是多么拘谨，完全不像有恋慕之心。意味深长的是，他从未提及自己对她的赞助。后来的研究表明，即便在"断交"后，桃水也曾送钱给樋口家。

桃水在四十七岁那年和同乡大浦若枝结婚。若枝是日本舞蹈家、演员歌泽寅右卫门的弟子，艺名寅千代，唱小歌①用的艺名为春日丰千代。桃水晚年自号"菊阿弥"，他更为人所知的身份是长歌歌词作者。

尘世中

一叶拿到第一笔稿费，是在1892年10月，来自《都花》刊登的《埋木》，十一元七十五钱，折合每页②二十五钱。

《埋木》的主人公是沉迷于创作的萨摩陶画工和他不谙世事的妹妹。为了更好地写出陶画匠人的实况，一叶找哥哥虎之助做了深入的了解。这篇小说中的善与恶都比较

---

① 小歌，和下文的长歌一样，都是日本传统谣曲。
② 日本的稿费从明治时代至今都以四百字稿纸计算，单位是页，不按字数。

刻板。

10月,一叶还在《甲阳新报》刊登了《经案》。该报纸的编辑野尻理作和涩谷三郎一样,在东京念书期间与樋口姐妹相熟。从日记的一些细节判断,他很可能是邦子暗恋的对象。再过两年,一叶将以他为原型写下《行云》。

这一年,一叶共有六篇小说变成铅字。稿费却只有两笔,其中一笔来自第二年刊于《都花》的《晓月夜》,还是预支。樋口家经常东挪西借,不过她们只要有余力就会想到更穷的亲戚。年底,《晓月夜》的稿费刚到手,一叶便带了钱去看稻叶矿——曾经的"公主",多喜给她当过乳母。

> 六叠①的榻榻米到处都破了,像碎稻草似的,纸门上没有一处完整的纸,看起来这个家已不剩半分往日荣华的遗物。大概既没有被子,也没有日常杂物。一只破旧火盆上吊着水壶,也不见从前用小锅炖着吃食的光景。当家的正要出门去工作,套了件对襟褂

---

① 叠,日本常用的面积单位,一张榻榻米的面积为一叠,约1.6平方米。

子，显得很冷，他抱了个手炉，对着晚饭坐着，模样凄凉。正朔君为我带去的礼品而欢喜，用红叶般的小手抓着，一直不肯放。

稻叶矿入赘的丈夫稻叶宽从事投资失败，成了人力车夫。眼前的贫寒场景给一叶造成心灵的冲击，也在日后成为她小说的素材。

1892年的年底还有两件事：龙子嫁给哲学家三宅雪岭，从此她常用的名字是"三宅花圃"；同人杂志①《文学界》②创刊。

明治时代的许多文学杂志最初都是以同人的形式创办的，例如前面提到的《我乐多文库》。《文学界》的发起人有星野天知、户川秋骨、岛崎藤村和平田秃木等人，要说核心人物，应该是星野天知。

星野天知比一叶年长十岁，创刊时在明治女学校当老师，教授武道、心理学、汉文等。校长严本善治既要管理学校，又要兼顾《女学杂志》，请天知过来，也是为了分

---

① 同人杂志，一群由同好共同创作、出版的刊物。例如，芥川龙之介和菊池宽等人共同创办的《新思潮》。
② 现在的《文学界》是文艺春秋出版社的杂志，两者并无关系。

担编辑工作。天知进校后,又办了《女学生》。因为办刊理念与校长不合,他转而与伙伴们合办《文学界》。其他几位初创成员与一叶年纪相仿。秃木和天知一同受洗,藤村曾在明治女学校当老师,因为跟学生恋爱而离职。后来加入的几个也是这样沾亲带故的关系,例如马场孤蝶,既是秃木的中学同学,又和藤村、秋骨是明治学院的同学。

隔了一百多年,他们当中仍被大众记得的,只有写下《破戒》的岛崎藤村。孤蝶如果能被一部分人记住,是因为他为《一叶全集》做出的贡献。不过,就算不谙熟日本文学史,只要读过一叶日记的人,都会对他们留下深刻的印象。

《文学界》诸人,最早注意到一叶并提议向她约稿的大概是秃木。不过,早在《埋木》刊登,天知就在《女学生》写了评论:"构思不凡,笔法锐利,有人会怀疑这是妇人之作,如果她今后还将尽力创作,我盼着她的造诣越发精深。"

一叶从花圃那儿得知新杂志创刊以及约稿事宜之后,在日记中写道:

> 家里人很高兴,说是既然有杂志社来约稿,那就

等于一份事业有了基础。

她并不了解,同人杂志不像商业杂志那样按刊登的文章给稿费,总的来说十分随意。到了1893年2月,《晓月夜》刊登在《都花》,给《文学界》写的《雪日》也已通过花圃转交。

《雪日》的构思来自大雪天拜访桃水的那个日子,讲的是十五岁的少女薄井珠在一个雪天,因一时的激情委身于小学老师桂木,随他私奔到东京。又一个雪天,已是桂木妻子的阿珠眺望雪景,心怀悔恨。

一叶在1893年2月27日的日记有这样的叙述:

> 午后下起了雪。由此生出万般感想,散乱的心难以平静。我眷恋雪日,不是因为爱雪日,是因为悲伤。从前,他隔着那只火盆静静地聊着天,亲手给我做了吃的,爱与领悟都在那个雪日。

3月,平田秃木来樋口家拜访。秃木后来回忆这时的一叶:"她在八叠的客厅的一角,离我远远地端坐着,说话声音低沉,断断续续。"

4月,熟人去世,连奠仪的钱也拿不出,一家人商议是不是再典当些衣物。最后借了一元钱,多喜独自去了。一叶和邦子可能没有合适的衣服,所以才没去。

6月,《都花》停刊。或许这件事让一叶意识到,靠写作支撑家庭经济近乎不可能,她忽然提出要开店。尽管多喜反对,但姐妹俩都很坚持,事情就此定下了。日记中关于"文学与糊口"的论断,显出此前没有过的犀利。

> 人无恒产,便无恒心。就算揣着手憧憬风花雪月,没了油盐酱醋,便无法颐养天年。而且文学不该是糊口的工具。神思所至,心念所及,才为之提笔。今后我将不再走糊口文学之路,而是开始做起买卖,让算盘珠都沾上汗水……书店追随读者的喜好,不加思考地逼迫作者:这次请写殉情小说,要写出和歌歌人的优雅,太催泪的读者不爱看,太过精巧的如今不流行,太过幽玄的不符合时下的风气,历史小说好,有政治倾向的好,最好是侦探小说,从这些当中选一个写吧。

为了开店,先要搬家。变卖什物加上借钱,筹了五十元。找房子颇费了些工夫，主要是樋口家从未住过底层的破败房屋，看了一大圈，受了不少惊吓。

我们家早早地就败落了，一直都住些窄街陋巷，但屋子总还是有格子门，院子里有树，屋里有地板。而这回看的房子，所谓的天花板乌黑一片，望之不快，柱子歪斜，地板低矮，屋檐顶着屋檐，这家的厨房门和那家的厨房门连成一片。不仅如此，大部分都没有榻榻米，也没有纸门，也就徒有个房子的名头。

一开始，我被这情形吓到了，只在门外张望一下，无心进去问……

最后定下了龙泉寺町的一处长屋。三元押金，月租一元五十钱。那一片挨着著名的风月场所吉原，附近有若干间妓院宿舍，邻居也多是相关从业人员，妓院管事的、人牙子等。后巷的长屋是长长一条平房，分隔成十几二十户，住户都是贫民。樋口家的租屋包含六叠的窄深店面，另有五叠和三叠的榻榻米房间。

最初的打算是开杂货店，渐渐地开始兼售廉价糖果点心，顾客主要是附近的孩子。樋口姐妹的分工是邦子看店，一叶负责进货。她背着大包袱布走到下谷、浅草一带，有时要走到神田，单程将近四公里。因为太忙也因为境遇不佳，她不再去荻之舍，那边却笑传："樋口生病了，没来。什么病？杂货病。"

她后来向《文学界》同人谈起进货的经历。"我到哪儿都被人喊作'姐姐'，以前只有妹妹和亲戚家的孩子这么叫我，被不认识的人这么叫，我总觉得不是喊自己。穿着外套去，人们讶异地盯着我看，从此我进货就不穿外套了。"

伊东夏子则在多年后回忆："她不愿意让人看见自己做生意的样子，对我说，你要来了我就不让你进门。于是我一直没去。"

搬家和开始做生意后，日记册的标题多为《尘中》，内容变得精练、洒脱，像是换了个人。同样的蜕变也发生在她的待人接物上。秋天，秃木拜访一叶位于龙泉寺町的家。"和上次完全不同，她匆匆迎了我，聊源氏、谈西鹤，推心置腹如十年的知己，腾起万丈气焰，我感到自己这时第一次见到真正的一叶。"

1894年2月，一叶得知花圃和鸟尾弘子合开歌塾，为此十分不甘心。尽管花圃给她介绍过写稿的门路，但这时的她对花圃乃至对荻之舍，都燃起了浓重的厌憎情绪。

同一时期，一叶有个非常古怪的举动。她去拜访"天启显真术会"的创始人久佐贺义孝，且用了假名"秋月"。比她年长八岁的义孝是知名的占卜师，也做投机生意。一叶向他提出借款和学习做生意，对方说："你的福禄十足，但并非金钱之福，而是靠天赋获得的一种福气，你得靠天赋成事。而且不管是任何一种买卖，只要是做买卖，于你都不合适。"

两人在那之后又有过一些接触。义孝写下拙劣的和歌，约她游玩，甚至提出想让她做妾。

从日记看，一叶愤怒地拒绝了。而根据信件记录，年底，她写信说需要一千元。在当时，这是一笔巨款，无从得知一叶想要一大笔钱做什么。义孝回信说，每个月给十五元。也因为这些信件往来，濑户内寂听认为，一叶有两个情人，一是半井桃水，一是久佐贺义孝。

龙泉寺町的生活持续了十个月，其间由于《文学界》一干人的要求，一叶在做生意的间隙写了《琴音》《花笼》，这两篇小说不如《埋木》，甚至有些倒退。

繁杂的生活也并非没有收获。和吉原比邻的日子，给了一叶新的视角，她在那里目睹了吉原内外的女人们的命运，所见所闻将成为她的代表作《青梅竹马》的基石。

水　上

1894年（明治二十七年）5月，樋口家关掉店铺，搬到本乡丸山福山町。这时一叶二十二岁。

此地离荻之舍不远，是一片新开地，数年前刚把水田填上。新家背靠阿部宅邸的高台，与铭酒屋"浦岛"的后门比邻，窗户底下有个不到十个平方的小池塘。进入这一时期，日记册标题经常是《水上》。

所谓铭酒屋，其实就是挂着酒馆招牌的私娼馆。一叶经常为店里的女人们代笔。不止一个熟人回忆，转角的店铺挂着店招，上面是一叶漂亮的字体，写着"内有酒菜"。

关于那个家，岛崎藤村于1911年在《时事新报》上发表的小说《只是寻常》中，有细致的描述——

> 昏暗、风雅的陈旧的榻榻米房间，窗下有个小小的池塘，那房间用来作客厅，屋里没有什么装饰，只挂了用粗劣的纸裱的挂轴。

搬家后写的第一篇小说是发表在《文学界》的《暗

夜》。文中出现了一叶早期作品中常见的"老屋中的孤独美女"。阿兰和照顾她的老用人夫妇一起生活,她被婚约对象波崎抛弃,心怀怨恨。青年直次郎被波崎的车撞了,在阿兰的松川大宅养伤,对她心生恋慕,答应去刺杀波崎。最终刺杀失败,直次郎不知所终,阿兰和老夫妇隐匿了行踪。全篇充满黑暗和虚无感,阿兰"外表如菩萨,内心如夜叉",一叶仿佛将某种淤积的黑暗情绪释放在小说里。

12月,一叶在秃木等人的催促下写了《大年夜》。她的作品在这时忽然跃升到一个新的高峰。若干年后,一叶研究家和田芳惠[①]把从《大年夜》到一叶去世前的创作期称作"奇迹的十四个月"。然而,纵观日记,变化并非突然降临的奇迹,而是早就蕴含于生活本身。

《大年夜》是一部关于金钱的小说,主人公是被压榨的年轻女佣。故事主线发生在一天之内,充满戏剧性,明显受到井原西鹤的影响。且看开篇——

[①] 和田芳惠(1906—1977),小说家,文学研究家,编辑。小说《尘中》获直木奖,著有《樋口一叶》《樋口一叶的日记》等,1953年开始参与《一叶全集》的再版编辑工作。他将大半生投入一叶的研究工作,如今有关一叶的许多重要资料由他奔走梳理得来。

井用辘轳取水，绳长十二寻。朝北的厨房里，腊月的风呼呼地吹过。"啊，好冷。"她蹲在灶前查看火势，想着顺便取个一分钟的暖，结果多待了一会儿。为这点琐事，挨了东家好大一顿训斥。女佣的日子着实难熬。

1895年1月，经由桃水的介绍，《每日新闻》的户川残花写信向一叶约稿。此前，《文学界》第二十五期的约稿名单没有一叶，出于一贯的困窘，她开始着手写《青梅竹马》。后来不知怎的，《文学界》又来约稿，此时她考虑到《每日新闻》的时间合适，且稿费高，便回复说，这个月给不了稿子。

出于和户川残花对抗的心理，星野天知继续写信催促。于是从第二十五期起，1月到3月，《文学界》刊登了《青梅竹马》的前几章。《每日新闻》则到了4月才发了《轩漏月》。

从1894年夏到1895年春，日记的数量不多，最大的可能是一叶自己处理掉了一部分。其中应该不仅涉及久佐贺义孝，还有些关于村上浪六的片段。浪六是当时的流行作家，一叶经桃水介绍与他相识，曾向他借钱。此外，一叶的日记不是当天的记录，经常是在某一天集中写过去许多天的回忆，所以难免主观色彩浓重，有时对事件发生的日期也会记忆有误。

1895年3月，大桥乙羽写信约稿。乙羽是博文馆老板的女婿，负责统筹《太阳》《少年世界》《文艺俱乐部》三本杂志，收到他的约稿信，等于是接到正统文坛抛来的橄榄枝。4月，一叶发了《行云》给他，5月刊于《太阳》。小说中为名利所惑的男主人公，其原型看起来像野尻理作，多少也有三郎的影子。同月，歌子提出让一叶当助教，还说"我把你当孩子，你要把我当妈妈""我的荻之舍就是你的"。

户川残花的女儿达子也是荻之舍的学生。她后来谈及印象中的一叶，说这位助教不化妆，抹少许口红，头发稀疏，银杏髻一丝不乱，跪坐时微微佝身，双手笼袖，膝盖非常薄。"冬日里，她总是穿着同一套黑底碎白点棉袍，黑衬领，外罩蓝色绢外袍——大概旧了就染，反复染了许多次。"记者的女儿达子在荻之舍的太太小姐们中间，每当为自己的衣着感到羞惭，就用目光寻找一叶。

如果说新约稿与来自旧巢的呼唤使得这一年多了些亮色，实际给一叶带来更多鼓舞的，是出入樋口家的《文学界》的青年们。他们当中，马场孤蝶和一叶最要好。对他的最初印象，记录在1894年3月12日龙泉寺町时代的日记中：

> 听说孤蝶君是已故马场辰猪君的弟弟。他看起来二十出头，是个慷慨悲歌之士。说话带口音。听他讲了许多不平。是个有趣的人。

比一叶大三岁的孤蝶常常自称为"一叶君的弟弟"，在她家显得格外随意和放肆。因为孤蝶和天知之间产生矛盾，一叶甚至在1895年4月一度拒绝继续写《青梅竹马》。这也是为什么连载中断，到8月才重开。

1895年5月的日记有这样的记录：

> 秋骨似乎想要说什么，突然开口道："孤蝶对你的情义，并非一朝一夕。他的热情无法计量。"
>
> 我微笑道："那真是感激。"他接不下去，闭了口。
>
> 总被问这问那，毕竟寂寥。这些事尤其让人难受。那之后，孤蝶来得愈加频繁。我为他感到悲哀，

自己也不好受。他去了外地，每天都给我写信，还摘了野外的花送来，让我又高兴又寂寥。对别人隐藏的事，他毫无遮掩地讲给我听，更让人感到无常。他说，我把你当姐姐看待。然而他每次隔不到五天就来我家。我心想，这份感情会持续多久呢，夏末秋初的时候还会继续吗。想来情感正像随着流水的落花。

何处漂樱来，暂浮墙垣下。

川上眉山出现得较晚，是秃木和孤蝶带来的。此人和孤蝶同岁，曾参与砚友社的创立，十九岁发表处女作，可以说是早早成名的年轻作家。眉山很快成了一叶的"绯闻男友"，不知是谁最先传布的。如果只看一叶日记，会觉得除了笃实的上田敏，无论是秃木、孤蝶，还是秋骨、眉山，人人都在明着暗着恋慕她，她对这些人的态度则是忽冷忽热。1895年9月，孤蝶去彦根中学当老师，离开东京。此后他每次回东京，多数时间在樋口家度过，平时也给一叶写长信。

多年后，孤蝶在日记终于出版时的后记中提道："日记中常见到一叶君的偏颇。不过，我并不认为她是个不带偏颇的宽厚女子，所以不感到意外。此外，关于她总是把男性友人的亲密感情解释为恋爱，作为女子，也可以理解。"

偏颇，可能是指她把秋骨写成"讨厌的哲学家"。同样去过樋口家的岛崎藤村读到日记后，表示愕然。在他看来，秋骨对樋口家非常好，在实务方面多有襄助，而且一叶十分仰赖他。"只能认为是她的恶意揣测，让人意外。"岛崎藤村和因为编辑事务往来的泉镜花，在日记中没有留下任何记录。

秃木临终前对和田芳惠表示，如果《文学界》一群人中有一叶的恋人，应该是孤蝶。考虑到孤蝶死前与秃木见过一面，也许两人间有过不为外人知的对话。

《文学界》支付稿费可谓随意。根据星野天知后来的回忆，岛崎藤村以旅费的形式支取过四十元，金额最大。不过，考虑到藤村在刊物发表了十六篇以上的作品，折算成单篇稿费就很低了。其次便是一叶，拿了四回，共三十元。

既然《文学界》的收入不靠谱，一叶便转向博文馆的大桥乙羽。1895年5月，她把以前登在《甲阳新报》的《经案》给了乙羽，6月刊于《文艺俱乐部》，拿到每页四十钱的稿费。

一叶,在明治的尘世中

眉山初来那次,一叶叫了鳗鱼饭招待三位客人。樋口家的好客之风从来不会因为经济状况不好有所折损,待客的吃食有点心、荞麦面,还有鳗鱼、寿司等贵价食物。伊东夏子在追忆文章中格外维护一叶,但她也提到,有时朋友上门,樋口家请吃鳗鱼饭,结果对方刚回到家,一叶提出借钱的信就追来了。当时东京的平信是方便的通信方式,一般即日抵达。人们约见面都是写信。

大桥乙羽的妻子、博文馆老板的女儿大桥时子开始向一叶学和歌,有了这层关系,一叶想找对方借钱。她在6月的一天上门拜访,结果大桥家有客人,于是回家写信,提出要借三十元。乙羽回信说,此事没有先例,不过如果给稿子,可以当作稿费。一叶把一些旧稿修改后给了乙羽,后来收在全集中的便是她改过的版本。博文馆当时并未刊发这些稿子,《行云》《经桌》之后,《文艺俱乐部》9月号的《浊江》,以及12月号的《十三夜》,都是新写的。

《浊江》写了铭酒屋的女人阿力和她的同伴们的故事。她们表面光鲜,内里有不为人知的惨痛。因为阿力失去家财并落到社会底层的源七,对妻子恶声恶语,是典型的心智迷乱的青楼客。在一叶之前,作家们纵然写到青楼生态,总是从男性视角出发,这是日本文学史上第一次出现以女性角度对卖笑营生的书写。据说阿力的原型是一叶邻居店里的某个女子,一叶曾设法帮一个追求恋爱却流落到铭酒屋的女子回到娘家。

《十三夜①》是一心想要离婚的女人在月圆之夜回娘家的故事。女主人公阿关被父亲以现实理由劝回丈夫家,归程中发现,她搭乘的人力车的车夫,正是小时候暗恋过的邻居,从前的烟店少掌柜录之助。两个伤心人聊了几句,各自回家。对录之助境遇的描写,明显参照了稻叶宽的没落。

《文艺俱乐部》的发行量比《文学界》大,读者的层面也更广。一叶终于出名了。

名声带来的变化并不让她欣喜,1896年1月6日的日记写道——

> 去年秋天,并未多想就写了《浊江》,好评如潮,在世间引起了骚动,同时也收到许多评论,让人冒冷汗。《十三夜》也难得引发了热评,还有人就作者做

---

① 十三夜,通常指农历九月十三日的夜晚。日本有在这一夜赏月吃糯米团子的习俗。

了古怪的评论。"女性作家无出其右者",我听了真是忐忑。细想之下,有几晚忍不住胆战心惊。这就是尘世吧。众声喧哗,又有多少是真正的称赞呢。就好像有些无聊的狂热人士,连三弦的音色好坏都听不懂,只因为唱的人是女义太夫,便为了一时消遣而众口称赞……

今天聚集在我身边的尽是当世著名的上流社会人士,绅士、商人、学士们。夜深人静时静心想来,我还是过去的我,我家也和从前一个样,当我如浮萍般起起落落,人们究竟是凭借什么改变态度呢?这世间既容易,又不容小觑。就好比人若发声,声音大时可以响彻千里,声音低时连邻居也无从听见。

陨落与延续

1896年1月20日前后,《青梅竹马》的最后两回完稿。这个月,一叶还写了《里紫》的前篇。1月30日刊的《文学界》完成了《青梅竹马》的连载,4月,《文艺俱乐部》将其全文刊发。

《青梅竹马》是一篇独特的小说,乍看写的是少男少女之间朦胧的初恋，细读之下，浸透了吉原的呼吸。故事跨度从夏天到初冬，从庙会的喧嚣到寂寥。女主人公美登利虚岁十四岁，花起钱来不像个孩子，有那么点娇蛮任性。她的姐姐是大黑屋的头牌妓女，故事的最后，原本活泼的美登利变得消沉，读者不难看出，发生在她身上的"事件"是初潮的到来。对这篇小说的解读众多，也有研究者认为，美登利已经历第一次接客。总之，美登利成为少女，彻底告别儿童时代。

最终只有残篇的《里紫》写了有夫之妇的外遇，可以看出一叶在探索新的主题。

4月，森鸥外主持的文艺杂志《觉醒草》上，评论栏目"三人冗语"对《青梅竹马》做了高度评价。这个栏目由森鸥外、幸田露伴和斋藤绿雨合作。露伴以笔名"废话"写道：

> 正所谓字去意留。许多评论家和小说家似乎以为，如果不用刀加诸人的身体，剥开皮肤取出心肝给人看，就不是高尚的小说。我简直想要把（描写美登利见到信如背影的）这一段拿出五六个字，当作技术进步的灵符，给他们吞下去。

露伴不留余地的赞誉让一叶的文名进一步扩散,估计也引发了不少嫉妒。早在1月,评论家斋藤绿雨写信给一叶——

> 我与你萍水相逢,但是为了文坛,我有几句话同你讲。你来我家,或是我给你写信。我这人有个毛病。我不愿去你那里。如果你还愿意听我一席话,那就请发誓,不让任何人知道此事。

笔名"正直正太夫"的绿雨性格古怪,一叶也不输给他。他要求回信的同时归还他的信,像是怕落下什么话柄,然而一叶迅速誊抄留底。5月,绿雨打破前言,上门拜访。1896年的日记中,关于绿雨的篇幅最多。他说一叶在《浊江》以后的作品都是"哭过后的冷笑",一叶将他引为知己。

这一年,一叶的另一项重要工作是为博文馆的日用百科全书系列撰写《通俗书简文》。该书在5月发行。赶稿操劳,4月初,一叶出现肺结核的症状。7月初开始发高烧。在发病之初,病人并未将其放在心上,仍然去荻之舍,直到6月9日才推掉月会。8月初，邦子带她去了山龙堂医院，院长诊断的结果是令人绝望的。绿雨托了森鸥外请名医青山胤通上门就诊，医生得出结论，说病人只剩一两天了。

荻之舍的友人去看望一叶，然后向歌子汇报病情，歌子冷淡回道，那就没办法了。一叶患病期间，伊东夏子表现出巨大的同情与耐心，每天去看她，并试图给她钱，被拒绝。

最后几天的日记应该是一气写成的，笔迹可看出笔速极快。最末一篇是1896年7月22日的记录，依然是文坛的人与事。此后的四个月没有留下日记。

11月3日，难得回到东京的孤蝶去看望一叶。两人之间有过这样的对话："我明年春天来。""你下次来的时候，我会变成什么呢，或许变成了石头。"

11月23日，在母亲多喜与妹妹邦子的守护下，一叶离世。

电报出了点差错，《文学界》诸人没能及时赶到。第二天夜里，绿雨、眉山和秋骨在樋口家守灵，附近的精神病院传来夜晚警戒的鼓声，绿雨作俳句："霜降田町，夜听太鼓。"可见其凄凉。在彦根的孤蝶从秋骨发来的电报中获知一叶的死讯，一时间无法回东京。

葬礼十分冷清，荻之舍只来了伊东夏子和田中美浓子。此外还有《文学界》一行。森鸥外本想骑马扶棺，邦子不同意他参加，原因是家里没法给来出席葬礼的人一一回礼，所以对出席人数做了限制。

一叶去世刚两个月，1897年1月，由乙羽编辑的《一叶全集》（不包含日记）迅速面世。半年后，经过绿雨重新校订的版本再版。

1898年2月，多喜去世。邦子在乙羽夫妻家住了一段时间。她后来和樋口家的熟人、常在日记中登场的文具店的西村钏之助育有一子。为了弥补邦子，钏之助将店铺转让给她。1899年，邦子招赘，此后与丈夫共同经营店铺，并为姐姐的后续出版奔走。

马场孤蝶第一次见到斋藤绿雨，是在户川秋骨家中。一群人谈及一叶病重的事。孤蝶对绿雨的印象是，"高个子、纤瘦，脸色很差，留着长长的分头""声音低沉，但非常清晰"。伊东夏子的母亲曾用"长得像个穷神"形容绿雨。

一叶去世后，孤蝶在1897年8月久违地去了樋口家，有个瘦弱的男人在六叠客厅的角落里照镜子剔牙。孤蝶没认出那是绿雨，问一叶的家人，斋藤最近也来过吗。多喜不答，扯了扯孤蝶的袖子，以眼色示意，那就是他提到的人，又问绿雨，取出来了吗。绿雨说，取出来了。然后向孤蝶行了一个礼，就走了。

绿雨也患上了肺结核。1900年，他因病去外地疗养，结识了温泉旅馆的女领班，两人结婚。

根据邦子的说法，一叶临终前曾嘱咐将日记烧掉。但邦子想要将其出版。到了1903年，姐姐去世已七年，她找孤蝶商量。孤蝶传话给绿雨，于是绿雨去樋口家取了日记，打算先看看内容。读过日记后，绿雨找森鸥外和幸田露伴讨论。尚未读到日记的鸥外说，可以把不适宜的段落删去，尽快出版。

这一年10月，绿雨的肺结核再次加重，搬到妹夫的父母家隔壁。翌年4月，孤蝶收到绿雨病危的消息，赶去，获知遗言，要把日记还给樋口家。绿雨去世时三十六岁。

1908年，博文馆打算纪念樋口一叶去世十二周年，将日记出版。负责誊抄日记的是幸田露伴的弟子们。9月22日，终于读了日记全文的森鸥外给露伴写信，建议不要出版。纵览日记全篇，其中提到森鸥外的段落，虽然有一些不是特别正面的描写（例如他派弟弟来拉拢一叶加入自己的杂志），但这似乎不至于让他坚持反对出版，原因更可能是如信中所说,"有些部分如果就这样出版,会给一叶造成巨大损害"。此事的分歧,甚至严重影响了他与露伴的关系。

在孤蝶的编辑下,1912年(明治四十五年),也就是一叶去世十六年后,两卷本《一叶全集》终于由博文馆发行,上卷是日记。孤蝶在跋文中致谢了森鸥外、户川秋骨和岛崎藤村,而这三个人始终反对日记出版。孤蝶声明,他未对日记做任何增删。和田芳惠在读了日记的全部抄本后,得出结论:"虽然有些晚了,我对马场孤蝶诚实的态度感到敬慕。"

岛崎藤村在小说中写过樋口姐妹。在1909年出版的《文艺入门》的第一篇《从新片冈町》里,他强调了一叶的文学高度,又写道——

> 坦白说,我不太喜欢作为女人的一叶。尽管她是个那么飒爽的人,我无法在考虑一叶的时候完全抛开她是个女人这一点。读一叶的日记,我明白,她和我几乎全无交涉。

小说作者一叶,是众人面前姐姐般的、年轻阿姨般的爽快女子，而日记中的她，则是"作为女人的一叶"。那个她有几分真实，又有多少矫饰？

森鸥外于1922年（大正十一年）去世，终年六十岁。多年后，在他的次女捐赠的资料中，有一册他亲笔誊写的一叶日记，涵盖了日记中1891年4月到1893年4月的内容。他本人也有记日记的习惯，1908年11月19日，有这样的记录："在一叶日记题写四字，绪乱忧深。"可知他誊写部分一叶日记的举动发生在这年秋天。有研究者认为，此时正值森鸥外创作上的成熟期，也许誊抄日记也给他的文学创作造成了某些影响。

邦子回老家为先祖扫墓时，结识了当地一位厂长，广濑弥七。在广濑弥七的推动下，文坛的一叶拥趸也出资参与，在1922年，于一叶故乡的慈云寺建起樋口一叶文学纪念碑。阪本三郎去参加纪念碑落成仪式，差点被文人们殴打，多亏邦子阻止。

不知道参加那天纪念碑落成仪式的都有哪些人，不过我们可以看看"一叶会"的构成。

1903年春，一叶去世七年后，上田敏、马场孤蝶、与谢野铁干和晶子夫妇、森田草平、小山内薰、小山内八千代等人结成"一叶会"。其契机可能是夏目漱石的门生森田草平发现自己租住的房子竟然是一叶住到去世的家。

"一叶会"成员久保田万太郎写道:"这本日记就像一面镜子,会根据站在跟前的人做出各种变化。而那变化十分微妙、自由,决不让人失望。与此同时,不管照镜子的人怎么想,终将被卷进一个年轻、贫穷、投身于文学的女性的奇诡命运中,只能随着她一道走过身不由己的人生险道。"

她的生活

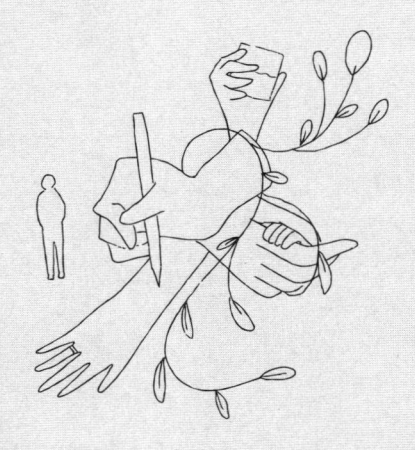

一想到离开男人，女人一道过这般畅快的生活，我感到愉快，仿佛我的身体在大大的海的正中央漂啊漂。

要不是翻译武田百合子，我可能不会知道日本有过一个专门面向女性作者的文学奖，田村俊子奖。该奖项由"田村俊子会"主办，奖金来自田村俊子过世后的版税，从1961年起办了十七届，武田百合子的《富士日记》是最后一届的两部获奖作品之一。日本的大多数文学奖都依托于出版社，像这样带有私人意味的文学奖可谓少见。试看评委构成，除了翻译家汤浅芳子，其余均是当时的知名作家，佐多稻子、高见顺、草野心平、立野信之、武田泰淳。需要说明的是，武田百合子是武田泰淳的妻子，不过百合子获奖时泰淳已过世，不在评委之列。

所谓"念念不忘必有回响"，我在吉屋信子的《自传式的女流文坛史》邂逅了关于田村俊子的描述，其中收有一篇《没有从上海回来的人》。文章很短，着重讲述前辈作家俊子从自己这里讹了一大笔钱的经过。吉屋信子多少有些"毒舌",写活了一个陷入落魄的旧时名人,那是个奇妙的女人,颇有些借钱不还的手段,却又让人恨不起来。

田村俊子仅仅是一个由盛转衰且私德有瑕的作家吗?她究竟是怎样一个人,写过什么?为什么会有一个以她的名字命名的文学奖?抱着单纯的好奇心,我开始阅读田村俊子的小说、关于她和周边人物的传记以及回忆录,以为只需要溯溪而上,却发现自己潜入的是一条大河。

从明治、大正到昭和前期的女人们,远的距今一百多年,近的也隔了八九十年,但她们在创作和生活中的困境与当下并无不同。田村俊子是她们当中极为特别的一个,是想要活出自我的女性的代表。她有过的荣光与狼狈,以及笔下的黑暗纠葛,在世界的各个角落不断重复发生。她是日本第一个靠文字获得经济独立的女作家,在不算长的生涯中惹出众多的风流故事,其身后由朋友们牵头创立的奖项,保留的不只是其作品的余晖,更包含了她留给同时代人的复杂记忆。

接下来,我将以俊子的创作生涯为经线,她的朋友们,尤其是女作家们为纬线,编织一小段从明治末期到战前昭和时代的历史纹样。无论在哪一个时代与国家,创作总是与个人生活密不可分,而生活则不可避免地被时代底色浸染。

女作者

俊子原姓佐藤，1884年（明治十七年）生于东京浅草，是典型的"江户子"。关于她父母家的情形，她本人向来讳莫如深，资料不详。佐藤家是她的母系，据说原本是粮商，极尽繁华。到了俊子母亲这一代，家境走了下坡路。俊子的父亲是赘婿，离家去做各种投机生意；母亲沉迷于观赏歌舞伎等，有点像现代的"追星大妈"。在俊子成为作家后，母亲有一段时间来投靠她，见过其母的人多少有些愕然，那是个脸上有火烧疤痕的世故妇人，戴着假发髻，背后似有许多故事。

十八岁那年，俊子就读日本女子大学校（现在的日本女子大学）国文系，只念了一个学期便退学，理由是心脏病，也有可能是家境无力支撑学费。

正像当时大多数有志于文学的年轻人，俊子在动笔写作前先拜师。日本文坛的作家们，身边或多或少都有几个门生，作家不仅对门生的文章给予指导，也会把他们推荐给刊物。

笔的重量

　　俊子最喜欢的作家是尾崎红叶。尾崎红叶和幸田露伴当时风头正健，常被媒体和评论家同时提起。奇妙的是，俊子选择拜师的对象是她没怎么读过的幸田露伴。原因是一件小事。报上刊登，红叶和露伴都有作品在剧院演出，红叶对剧团要求颇多，露伴则是"你们随便演"。仅凭着这番印象，俊子就选择了师门，不能不说有些随意。再看她此后的人生经历，诸般重大抉择往往出自一时心性。十八岁拜入露伴门下这年，俊子身边还发生了一件事。她的妹妹茂子病逝。茂子自幼被送到一户做花柳界生意的人家当养女。尽管并未生活在同一屋檐下，俊子还是很喜欢美丽娇弱的茂子，妹妹的离世给她的心留下空洞。若干年后，妹妹的形象出现在她的小说中。

　　幸田露伴不怎么喜欢收门生，不过对于来投靠的年轻人倒也不会一味拒绝。他给俊子取了笔名"露英"，出于对樋口一叶文字的欣赏，他希望露英能沿着一叶的道路走下去。

　　谈论当时的日本文学，必须谈及文体。樋口一叶的文体是雅俗折中体，虽然早在1887年，二叶亭四迷就已通过小说《浮云》做了最初的白话文尝试，但直到俊子拜师的1902年，仍有许多作家对"言文一致"感到踌躇，幸田露伴也不用白话文写作。在露伴看来，一叶的文体才是美与技巧的融合。

从拜师第二年起，也就是从十九岁到二十五岁，俊子以"佐藤露英"的笔名在《文艺俱乐部》《新小说》等杂志刊登了十来篇小说，主题多为上等家庭妙龄女子的感情纠葛，文风刻板，故事也没有太多新意，但如果细读文本，会发现她在逐渐挣脱老师划定的范围，一点点朝白话文的方向过渡。现代读者可能会以为，白话文不就是把口语写成文字吗，为什么这么难？对于习惯用文言创作的人来说，就好像踩着高跷走路的人，回到地面反而感到拘束，需要逐步适应。

可能因为受到母亲品味影响，生活中的俊子偏爱华丽的衣着，妆总是有些过浓，而且她是个情绪化的人，言谈举止难免显得不稳重。幸田露伴原本想要打造第二个一叶，眼前的女弟子怎么看怎么有些不对味。1905年春，二十一岁的俊子和母亲搬到浅草区高原町的万年山东阳寺借住，因稿费不足以维持生活，母女俩用和纸做人偶，补贴家用。住了不到一年，佐藤母女被住持的妻子赶走了，理由是怀疑俊子和住持有染。无论真相如何，这些传言难免进一步影响了露伴与俊子之间的关系。双方没有留下具体的文字证据，大约从1906年起，他们不再是师徒，形同陌路。

幸田露伴有个钟爱的门生，比俊子大十岁的田村松鱼。说起来，虽是师徒，露伴只比松鱼年长七岁。露伴不知是有心还是无意，曾试图撮合松鱼和俊子。俊子立即上了心，甚至有些"一头热"，其他师兄弟对此有些冷嘲热讽，而松鱼在俊子入门的第二年去了美国，乍一看，这两人未来如何很难说，俊子则摆出等待松鱼回来的姿态。

松鱼在异国对文学的追求并不顺利，他在贫困线上挣扎了两年，1905年5月，终于在旧金山找到一份日文报纸记者的工作。好景不长，次年4月旧金山大地震，松鱼混在一群日本人中逃到东部的印第安纳波利斯，找了一份印第安纳大学内的侍者工作。但他后来在履历中称自己"曾就读于印第安纳大学"。他在该地待了十个月后去了纽约，结果生了一场大病，可谓厄运连连。这一连串的事件加上种族歧视等际遇，极大地打击了松鱼的信心。

至于俊子这边，与露伴分道扬镳，再加上松鱼在美国那边断续又滞后的坏消息，给她造成无形的心理压力。当时以冈本绮堂等人为中心正在上演"每日派文士剧"，也就是以《东京每日新闻》为赞助商，由文人们组织的业余新派剧团。俊子在1907年站在了舞台上，艺名仍然是"佐藤露英"。她似乎相当投入戏剧事业,拜歌舞伎女演员市川九女八为师,学习舞蹈。在写作方面,这一年发表在《新小说》上的短篇《那个早上》,尽管仍未脱去文言的桎梏,但题材有了新的突破,写的是一对堕落的寺院住持夫妻。年底,她开始在《东京每日新闻》连载《袖头巾》,尚未形成完整的故事脉络,翌年春中断。写作这篇未完之作的过程中,俊子完成了从文言文到口语的文体进化。没写完的原因,是因为俊子对自己在剧团的表演不满意,想要进一步提升,她报名参加伴随新派歌舞伎运动而设立的"帝国女演员养成所",成了第一期学员。不过,此番弃文从演并未贯彻到最后,俊子没有走女演员的道路,又回归了文学。

1909年4月,俊子经过一年的写作空白期,在《文艺俱乐部》发表短篇《老》。以年轻女子旁观的角度,描述了外公的妾和帮佣的老女人之间的龃龉与和好。这篇小说的题材不再是俊子以前常写的架空罗曼史,而是取材自她年少时的见闻,以流利的口语文字呈现,可以说,她终于完成了写作意识与文体的双重蜕变。

5月,松鱼回国。将近六年的海外生活没能给他带来启迪和文字方面的进展,反而磨损了他的健康,严重挫败了他的锐气。俊子对此懵懂不觉,像每一个恋爱中的年轻女人,她快乐地步入婚姻。需要说明的是,俊子未入籍,对外称夫妻的两人法律上只能算同居。

二十五岁的妻子和三十五岁的丈夫,一个打算从此搁笔、专心为人妇,另一个则感到妻子并不完全合乎自己心意。举个简单的例子,他们的新家在谷中天王寺町十七番地,挨着谷中灵园(靠近现在的朝仓雕刻馆)。露伴也曾住在那一带,他著名的《五重塔》就是以谷中天王寺的五重塔为原型。很可能露伴和弟子们聊到过,自己年轻时住在天王寺町,生活便利,物价又便宜,所以松鱼选择租在那儿。小两口住进去的第一天,俊子就哭了一场,原因是家附近没有水井,要走很长一段路去打水。她从未尝过这样的辛苦,再加上墓地近在眼前,徒增郁闷。松鱼听了她的哭诉,大怒,说你回娘家好了。吵归吵,最终,松鱼找了附近一家酒水店的伙计帮忙打水,算是解决了一项日常要务。

同居第一天的争吵是这对伴侣后来的生活的缩影。松鱼回国后出版了关于美国生活的短篇小说集《北美之花》,反响不佳,稿费也不多。贫困的婚姻生活容易产生摩擦,尤其妻子的性格特别强,还明显看不上丈夫的文笔。两人的争吵逐渐形成一套模式，妻子挑衅，从动嘴发展到动手，丈夫忍无可忍，动手还击，暴力升级，伴随着性，然后和好。这些后来都被俊子写进了小说，让我这个一百多年后的读者感到讶异，或许，私小说的极致，就是直面自身的惨烈吧。

两人口角不断的关系进入第二年，1910年春，露伴的妻子过世。松鱼和俊子前往吊唁。他俩的大部分东西都在当铺里，松鱼穿着仅有的一套破旧西服出席葬礼，俊子不得不去找朋友借丧服。

他们的生活常因经济问题起纷争。隔三岔五地，松鱼说，我养不起你，你得工作，而俊子只要有一点钱就买来鲜花，整日读书，偶尔和小狗散步。不管松鱼怎么催，她回道，我现在写不了，以后会写。拉锯战在夏天转入新的高峰，松鱼试图让俊子参加《大阪朝日新闻》的小说大奖赛，理由是家庭经济状况实在太糟。这场赛事的奖金高达两千元，是笔巨款，当时小学教师的起薪不过十余元。其实松鱼劝说俊子去还有一层原因：评委是夏目漱石、幸田露伴和岛村抱月。松鱼的想法很直接，露伴和俊子毕竟有过师生之谊，又有自己的面子，怎么也不会给俊子低分吧。

俊子手头有篇写了半截的小说，她自己不满意，不想续写。松鱼的劝说无效，转为怒火，甚至对她拳打脚踢。最后俊子心不甘情不愿地答应了，但她始终无法续写，一直在改前半部分。松鱼又是催，又是骂，又是鼓励，可谓使出了浑身解数，俊子终于在他寸步不离的监督下写了起来，她没日没夜地写，白天为逃避夏日的阳光，把矮桌在家里挪来挪去，晚上在蚊帐里写到一半睡着了，"垂死病中惊坐起"，醒来后继续写。

写完交稿，俊子就把这件事抛在了脑后。她在报纸上看到甄选演员的广告，又动了表演的念头。为了上舞台，她花一天时间做了牙齿矫正，其治疗近乎野蛮。10月，她以"花房露子"之名登台，表演获得了好评。终于在《万朝报》找到工作的松鱼一场不落地去看演出，对俊子的演技，他表示认可，却补了句："可惜你就是不够美。"这话未免打击人，再加上另一位女演员也评价"侧影有些遗憾"，于是俊子又去给鼻子动了手术。手术不太成功，后来人们提及对俊子的印象，都会谈到她略显突兀的鼻梁。俊子留下的若干照片表明，她是个容貌欧化的时髦女郎，大眼睛，鹅蛋脸，绝不能说不美，很可能是她的长相不太符合当时日本的审美。

11月，意外之喜降临。俊子参赛的中篇小说《断念》

拿了大奖赛的第二名，奖金一千元。评委们认为没有匹配一等奖的作品，头奖空缺。若细看评委们的评分，其实颇有些微妙。露伴当然知道以笔名"町田俊子"应征的是松鱼的妻子、自己从前的门生，地址明明白白写在那里。可能是为了避嫌，他给《断念》的评分相当谨慎。夏目漱石抱恙，代他参评的森田草平和另一位评委岛村抱月都对《断念》给出远超其他作品的高分，促成了日后名动一时的女作者田村俊子的诞生。

光与影

如果不曾获奖，俊子和松鱼充斥着贫困和争斗的关系也许会在婚后的头一两年就迅速画上休止符。要是两人分手，也许就不会有俊子后来一系列以男女爱憎为主题的作品。对作者本人来说，她的生活如同在泥沼中不断沉陷，生活之苦反过来成就了作品，不知该算是幸还是不幸。

如果用现代的观点解读《断念》，我以为，这是一篇以"不完全的女同性恋者"为主人公的小说，放在今天也属前卫。开篇，女大学生富枝应征的剧本获奖，却被校方批评，她感到校园生活从此黯淡无光，索性退学。富枝的家庭情况有些复杂,有三个女儿,富枝排第二。母亲过世后,父亲再娶。父亲也走了,继母回老家照顾奶奶。三姐妹留在东京,大女儿都满子嫁给当记者的绿紫,二女儿富枝寄居在大姐家,三女儿贵枝被送给餐馆"东楼"的女掌柜阿埒当养女。东楼有不少艺伎出入,等于是风月场所。十三四岁的贵枝学琴、学舞,每日接触的尽是青楼人物,小小年纪热衷打扮,和姐夫频生暧昧。善妒且情绪化的都满子先是怀疑丈夫和三妹贵枝有染,继而把疑心投向二妹富枝。其实富枝毫不关注姐夫。她有个女同学叫作三轮,因为家境早早退学,在家画广告牌,后来成了别人的妾,靠情人襄助,当上女演员。与三轮的重逢让"新人剧作家"富枝心旌动摇。如果说富枝被三轮吸引,那么同样她也吸引了同性。在校期间,体弱美貌的富家小姐染子显示出对富枝近乎狂热的崇拜。染子经常休学在家养病,富枝一次次去看她。作者刻意省略心理描写,让人难以判断富枝对染子的情谊究竟有几分。

从明治到大正时代,在将裙裤高高束在和服外的女学生们之间,柏拉图式的爱是一种流行,甚至有人为此殉情。富枝的故事乍看是当时流行的映射,实际不止于此。俊子的文字后来被人评价为"官能感",经常被引用的一段，就来自《断念》——

> 染子说"姐姐喜欢"，不听阿滨的劝阻，昨晚穿着带里子的江户紫和服睡了。夜间忽然醒来时，富枝看到染子躺在白色床单上的模样，白色的里衣凌乱。此刻，富枝站在走廊上，不断回想起那一刻的感觉，像在做一个奇异的梦。
>
> 天空多云，院子的色调暗沉。大丽花开得正盛，染子站在花丛前摘花。富枝从走廊冲她笑，但染子始终低头站着，用手指弹大丽花的花瓣。
>
> 富枝忽然涌起让这样一个美人随自己心意而行的自豪感。

俊子本人在女校时代的过往不可考，如果眺望她成名后的生活，不难发现，在深陷和松鱼相互憎恨纠缠的泥潭中无法自拔的同时，她也喜欢并享受年轻女读者的追随，看她们为自己亦喜亦忧。

《断念》的先进性在于既描写了当时的新女性富枝，又通过她的观察写了媒体、戏剧界、花街，可谓集齐了社会生活的各个层面。富枝对拈花惹草的姐夫是不屑的，无奈经济上仍未能自立；她对被家人和用人重重环绕的染子则有种同情；对选择靠男人的经济支援出国的三轮，她似乎有些怅惘，又含着羡慕。小说的最后，继母从岐阜来了东京，说奶奶年迈，让富枝回老家。富枝早先获奖的剧本被搬上舞台，大获成功，绿紫夫妻让继母去看戏，完全变成了乡下人的继母花了好久才搞懂这是富枝写的，以及写剧本可以赚钱。继母不为所动，按她的思维方式发出朴素的疑问，这事回老家就不能做吗？最终，富枝不顾姐姐和姐夫的劝阻，选择回岐阜陪奶奶。

"现在的境遇中的欲望和自由，都藏在放弃的阴影里，这就是富枝如今的心境。"不同于追寻梦想远走的三轮，富枝做出了带有牺牲色彩的决定。在某种意义上，女主人公的软弱同时也折射出作者俊子的软弱。1911年1月起，《断念》在《大阪朝日新闻》连载。7月，金尾文渊堂出了单行本，定价九十钱。同年9月，日本文坛，或者该说不只是文坛，在日本的整个女性世界，发生了一件大事，那就是女性文学月刊《青鞜》的诞生。

《青鞜》编辑部也向文坛新星俊子提出约稿，她在创刊号发表了短篇小说《鲜血》。这篇小说没有太多的情节，叙述了一男一女两名主人公起床后的系列活动。安藤治的表现始终有些漠然，优子则满心怨憎。闻到金鱼的腥气，她觉得那是"男人的气味"。她的举动显得歇斯底里，甚至毫无预兆地拔下胸针，扎进金鱼的眼睛。

> 她想要哭个不停，流尽眼泪，要是能被花露堵住呼吸死去，就像被莲花包裹着睡去，该多高兴。眼泪的热意！就算用把皮肤烧尽的热泪洗涤身体，自己的身体也回不来了。

关于小说中的女人对男人的生理性厌恶，经过将近一百年的时间，现代的评论家们做了各种解读。最常见的观点是，小说源自俊子和松鱼的过往，那是年轻女子首度和异性发生关系后的自我厌恶。

纵观整册创刊号，刊载的几篇小说略显陈腐，唯有俊子的短篇明显高出一筹，却位于完全不同的场域：其中并没有试图独立的新女性，被性捆绑的女人在心灵深处憎恶男人，继而鄙视自己。

《青鞜》是个紧密的小团体，编辑和作者群当中出现了几对似真似假的情侣，其中便有田村俊子和长沼智惠子，后者曾为《青鞜》创刊号绘制封面。

1912年是日本年号的分水岭，7月30日之后开启了大正时代。在明治时代的尾声也就是1912年6月，智惠子和俊子办了联展，展出智惠子的手绘团扇和俊子的纸人偶。俊子曾靠制作人偶补贴生计，当她成为女作家，其手工也跨入了艺术品的行列。

那时，俊子的小说创作正值高峰期，每个月都有短篇在几家著名文学杂志刊登，如《早稻田文学》《中央公论》《新潮》等。1912年9月刊于《文章世界》的随笔《微弱的权力》，有着惊人的敏锐和直白——

> 我的生活不断从属于一种微弱的权力。那微弱的权力一直轻轻地按住我心灵的双翼……每当我想要挣脱那微弱的权力，为此焦躁的时候，当我相信自己能一时挣脱那权力的瞬间，我终于能确认一点点自己的影子和自身的力量。在那个瞬间，微弱的权力立即再一次执着又巧妙地、并且是轻轻地正好按住我心灵的双翼……我怎么也无法自发地从我的生活中抹杀掉那嘲讽我侮辱我的微弱的权力。怎么也做不到。

可能是为了挣脱丈夫加诸自身的"微弱的权力"，接下来的一两年间，俊子的若干小说中都有智惠子的身影。例如1913年5月由新潮社出版的《誓言》，定价六十钱，收录十一则短篇，其中三篇与智惠子有关：《魔》《恶寒》《女作者》。

《恶寒》以第一人称叙述，全篇是"我"对"你"的绵密心声。小说的开篇提及，"你"舍弃婚约，去了山上。

> 我甚至想过从自己的周遭逃脱，就这样和你过起两个人的生活。因为我以为，只要和你在一道，就可以过上忘记世间的恣意的生活。我想象着，我们两个人开一间喜欢的玩具店，就这样，你画画，我执笔写作，过着快乐的生活。一想到离开男人，女人一道过这般畅快的生活，我感到愉快，仿佛我的身体在大大的海的正中央漂啊漂。

现实中，1912年的夏天，联展过后不久，智惠子回绝了婚约，和朋友以及妹妹去了千叶县铫子市，在那里，她与同样是画家的高村光太郎相熟并相恋，并在两年后结婚。高村夫妻和田村夫妻住得不远，两家一直保持着密切的联系，光太郎还成了松鱼学雕刻的入门老师。

读俊子的小说不难看出，她对同性的审美更多是外表上的，她爱精巧的富于传统日本气息的女子，这种爱叠合了她一心想要挣脱婚姻桎梏的渴望，更接近爱的幻影。

1913年春，俊子发表了中篇小说《木乃伊的口红》。这篇小说取材自作者本人生活，将俊子笔下永恒的主题，也就是夫妻怨憎，发挥得淋漓尽致。

女主人公阿实和丈夫义男新婚，搬进靠近墓地的房子，两人穷困的生活中充斥着口角。去给师母吊丧以及借丧服的细节，应征报纸上的小说奖项，显然来自俊子和松鱼的经历。朋友说没有适合葬礼的黑色衣服，借给阿实一身赤豆色和服，下摆绣着蝴蝶。在老师家，夫妻俩的对话萧瑟："我待会儿去社里借白包的钱。""多少？""五元。"到家后则是另一番对话："你的衣服可真够呛。"（丈夫说妻子没穿黑色）"算了，只要你穿得合适。"这一刻，两人间有种短暂的温情。

文中的义男是个现实得近乎猥琐的人，从开篇的"我养不起你"，到中间不无轻蔑的"你不是说你会为我工作吗"，再到后来的"你（拿奖）都是靠我"，无不显得既可恶又可悲。阿实获奖后，他还怂恿她去看望评委们，和文坛拉近关系。恐怕这正是松鱼在俊子心中的模样。

1913年夏天，田村家离开住了四年的家，搬到墓地的另一边，靠近日暮里站的位置。他们在屋外增设简陋的浴室，从此可在家烧水泡澡，不用再去澡堂。生活上的小小变化抚慰了俊子疲惫的身心。她的稿约不断，但花费也巨大。家里有女佣，还收留了朋友留下的孤女，俊子一有时间就外出看戏，又爱华服、小玩意和鲜花，钱如流水般过手，并无积蓄。

小说集《木乃伊的口红》定价一元，收录六则中短篇：《木乃伊的口红》《绿之朝》《忧郁的气味》《下雨的早上》《温热的泪》《炮烙之刑》。给扉页画插画的是雕塑家朝仓文夫，画面有几分毕加索的风格，拥吻的男女叠合成一个人，表情似喜似悲，握在一起的手像是满怀眷恋，又像是彼此禁锢。朝仓文夫的住家兼工作室离田村家的租屋很近，两家相熟。从画中也可看出，朝仓文夫想必知道田村夫妇之间不断争吵、厮打继而和好的模式。

让时间线回到樋口一叶因肺结核逝世的1896年，一个叫芳子的女孩出生在京都一家批发鱼干的水产店。这户姓汤浅的人家已有一儿一女，正当妻子怀着芳子的时候，来照顾她的妹妹成了丈夫的情人，还为其生儿育女。芳子从小就知道，父亲有两个家，另一个家住着小姨和异母弟妹们，父亲过着往返于两边的生活。混乱的家庭关系并未影响芳子的童年，她活泼地长大，就读小学。那个年代，虽是男女同校，但男生女生无论教室还是运动场都是分开的。小学毕业后，芳子被过继到姑父姑母家，改姓井上。井上家经营着一家靠近花街的小餐馆，接待的客人混杂了三教九流。芳子小小年纪就要帮店里招呼客人。养父母家收入颇丰，生活却很节俭，每个月只有五日和十日，饭桌上有小鱼，其他时候都是简单扒拉几口茶泡饭。新家离芳子的亲生父母家并不远，因为要兼顾店里的事，芳子只能每天放学途中回原来的家待一会儿，从生母那里获得少许温情。

十三岁，芳子升上高中，就读市立第三高等女学校（现在的洛东中学）。第二年，随着少女的轮廓初成，养父对她的态度变了，有时在夜里触碰她的身体。芳子趁着生病回亲生父母家休养的机会，鼓足勇气讲了这件事，可父亲不相信她的话，说她编造，让她别再提了。另一方面，对此一无所知的养母建议芳子毕业后学缝纫，想要把她和养子凑成一对。

《木乃伊的口红》刊载于杂志的春天，芳子偷了养父母账房里的八十元钱，独自一人坐火车从京都到了东京。要到年底，她才满十七岁，促使她远赴东京的，一方面是养父投下的性的阴影，另一方面则是对新生活的憧憬。就像俊子在十八岁拜师的举动，芳子一到东京就去拜访她敬仰的作家德富芦花，不巧的是，对方不在家。养父母和亲生父母惊惶寻找，最后芳子的叔叔找到了她。论家境，芳子的亲生父母（汤浅家）比养父母（井上家）更宽裕，当初生父将芳子过继给妹妹，也只是出于对那边的照拂。女儿的破格举动让生父有所触动，向来节约的他松了口，说可以资助芳子继续念书。

经历过一次雷声大雨点小的离家出走，芳子没有再去东京。她在老家待了下来，就读同志社女学校专门学校预科（现在的短大），其间，和高中时代的女老师谈起了恋爱。这场恋爱将她拴在老家。第二年，恋情冷却，芳子重新下决心，离家去东京念书。同志社的学籍不被承认，她没能就读本科，进入日本女子大学校英文系预科。或许是因为跟不上英语课的进度，又或许是因为学校设有芳子痛恨的缝纫和舞蹈课，她只待了一个学期。

在东京念书的芳子读到的第一本俊子作品，便是《木乃伊的口红》。另一本给她带来巨大冲击的书是陀思妥耶夫斯基的《被侮辱与被损害的》,译者是升曙梦。年底,芳子通过朋友介绍,认识了升曙梦,表示希望跟随他学俄语。升曙梦已是有名望的大家,无暇教她,答应明年由自己的学生山内封介代为授课。

开始学俄语的芳子的生活是怎样的呢?她住在文京区音羽的寄宿舍①,木屐店二楼的单间,含三餐的月租六元五十钱。步行半小时,便能抵达老师山内封介的住处,每天两小时的课程,学费每月五元。养父母家按月寄来二十五元生活费,芳子手头算得上宽裕。除了学俄语,她像海绵一样吸收各种书籍和杂志的养分。

一天,她在一本过刊上读到俊子的《春之晚》。短篇的开头如下:

> 几重忽然注意到雨声,看向窗那边。窗敞开着。雨不知何时下大了,雨水的飞沫打湿了窗台。从窗户望见的黄昏的天空有着白绢一样的光,枫树枝浅红色

---

① 寄宿舍,日语叫作"下宿",指廉价且带餐的租屋,租住者多为学生。

的芽映着天空的光照，那上面零零星星地排列着如一粒粒水晶的雨滴。围墙边的山茶花簇拥着绿叶，其中也浮现着鲜艳的粉色。几重起身，从窗户往外看。

几重对事物的感受力，让人想起《断念》的女主角富枝。文中没有描述几重的职业身份和社会角色，只有形成对照的两组人际交往。前半部分是她和年轻的男友繁雄的闲聊，她对男友感到厌倦，觉得"真是个无味的人"；后半部分，她去看京子，京子正好有男客人在，情绪浓密的一刻忽然被撞见，男客人显得窘迫。与京子独处时，几重迸发出少见的热情，不断称赞对方的美丽。对照之前的其他短篇，可以认定，京子仍是智惠子的化身。

小说有着泡沫般脆弱的美感，情绪如暗流涌动。芳子读后深受触动，当晚就动笔写信。俊子的回信十分热情，请她去家里玩。芳子上门那天，俊子不在，芳子和看家的女佣有过简短交谈，她很干脆，不像其他女读者试图打听作家的生活细节。这番不多话的做派传到俊子耳中，于是她向芳子发出第二封邀约信。

时值1915年春天，芳子的十八岁生日刚过去小半年，俊子三十一岁。多年后，芳子在随笔中回顾那个春日——

笔的重量

女佣让她上了二楼，俊子含笑倚几，坐在榻榻米上，隔壁房间的拉门敞着，"在那边，田村松鱼额头上戴着钟表匠人那种遮光的挡板，盘着腿在做木雕"。

当时松鱼的兴趣已从写作转到雕刻，几乎没有收入；俊子的母亲偕情人住在陋巷，常出入俊子家，母亲靠年少时当兴趣习得的传统歌舞赚些生活费，还从俊子处获取经济援助，她极度看不上松鱼，有时辱骂不成器的女婿，导致俊子和松鱼的关系进一步恶化。俊子靠一支笔赚到了远超同时代多数作家的稿费，却也背负着旁人看不到的重负。

芳子第一次见到喜爱的作家，当然不会知道对方光鲜外表下的焦头烂额。聊天内容主要是俊子问芳子学俄语的事，芳子作答。谈话后半段，松鱼也加入了，趁着兴致，他俩邀请芳子一道去有乐町看话剧。同样是和服打扮的女子，芳子着装老气，俊子则是漂亮的浅紫色外褂，很衬肤色。松鱼衣着陈旧，和俊子站在一起显得不协调，即便如此，夫妻俩就芳子听不懂的内容聊天，不时笑起来，显得和睦。

那次会面后不久，俊子又搬了一次家，新家离上一个家不远。芳子和俊子的交往日渐频繁，她花费大量时间陪伴在俊子左右,一起去看歌舞伎。俊子沉迷于中村吉右卫门①,甚至有过在一部戏上演期间看七场的举动。

那时的歌舞伎现场不禁饮食,观众的一大乐趣在于边吃喝边看戏。观众席的位置分为"平地"和"格子间",前者是普座,入场时接过茶、点心和节目单,点好便当——点心节目单便当,是看戏三件套;格子间的客人从茶屋出入剧场,看戏过程中有茶屋伙计殷勤服务。据芳子回忆,她自己去看戏总是"三件套",不到一元。跟俊子去,就能享受茶屋的服务。俊子为人大方,爱请客,看戏消费除了茶屋,还有往返雇专车,送歌舞伎演员礼物。俊子的稿费一页一元,按理来说收入不低,但经不起"追星"消耗,常陷入窘迫。

1915年7月发表于《中央公论》的《她的生活》,和以往的作品一样,折射出藏在俊子生活底下的暗色。小说讲述一个不愿被婚姻桎梏的女人,在她看来,"(婚姻生活中的)每个女人腰上都缠着粗粗的锁链……一天的杂务几乎没有边界,绵延的家务时间持续不绝。就这样,女人

---

① 这里指初代中村吉右卫门(1886—1954),屋号播磨屋。其拥趸文人众多,有不少关于他的评论。

们甚至疲于从自己的生活中找出责任这一最重大的意义。就像花车上的人偶被人从后推、往前拉，一下下地动着，女人完全闭上了灵魂，像人偶一样被从后推、往前拉着，一天天过着盲目的日子"。纵然看得分明，当恋人承诺会尊重她的独立意志，女主人公还是结了婚。小说的后半部分是婚姻生活的种种窒闷，夫妻间的口角乃至暴力再度登场。要说小说情节与俊子的经历有什么不同，那便是女主人公生了孩子，并找到了某种平衡——她对家务和孩子同样敷衍，抽时间写作，最终凭借创作找回了爱与尊严。

随着与俊子的交往不断加深，芳子逐渐看清，俊子和松鱼绝非神仙眷侣。她对俊子的感情很快便超越了读者对作者的感情。年轻人的热情容易被点燃，更何况对方无论是文字、言谈还是容貌都有动人之处。不止芳子，俊子周围聚集了数名年轻女孩，其中，友谷静荣不知怎的住进了田村家，让芳子大为吃醋。对此，俊子在给芳子的信中写道——

如果是恋情，我想要更有情味的。倘若是用暴烈的感情强压过来,那你光是在我面前喝个五勺一合①的酒,可不行。你干脆喝个一升,试试看为难我呢……

我并不是因为有静荣而不接受你的感情。也不是说,如果没有静荣,就会接受你的感情。如果静荣心里有我,或者那是你所谓的不真实的感情。又或者,我对静荣的爱——那或许是暧昧的。因此,你也许没必要对静荣抱着牺牲的心态,另外,虽然你们是情敌,或许也没必要相互戳来刺去地争斗。就是说,这是一个要在你我之间确定的问题。(1916.1.5)

俊子具有某种摆布人心的力量,而且这种力量似乎对同性格外有效。对她来说,追捧歌舞伎演员也好,周旋在女读者之间也好,都只是生活的调剂。真正占据她全副身心的写作和家庭生活,正在悄然无声地崩坏。

从1910年(明治四十三年)到1917年(大正六年),俊子在各方稿约的追赶下写了若干名篇。除了前文提过的

---

① 合,清酒的计量单位,一合为180毫升,五勺为其一半,下文的一升为1800毫升。

作品外，还有两篇值得一提。

《枸杞的果实的诱惑》中，十三岁的智佐子常在放学后和延子一道去山毛榉树下摘枸杞。夏天的少女自成一道风景。一天，延子说不想出门，智佐子独自去枸杞树那里，遇到一个主动提出帮她摘枸杞的青年。不久，从一栋废屋传来少女的哭声。后来智佐子被姑姑背回家，哥哥残酷地用脚踢正在昏睡的她。"二十岁的哥哥的心里潜藏着一种反感，想要把残破的花进一步碾碎。"其后，母亲乃至姑姑都对她冷淡，心疼她的唯有父亲。不再去学校、被禁足的智佐子，趁家人外出的时候独自去了原野，那是枸杞的果实带来的诱惑。小说不光呈现出少女的懵懂心境，还揭示了成年人的"常识"与亲情的不可靠，笔法之美与冷冽，在俊子的一系列作品中尤为突出。

《母亲的出发》折射出松鱼、俊子和俊子母亲的龃龉，夹在中间为人妻为人女的主人公显得心力交瘁，与之成为对照的是被塑造得没心没肺的母亲，她抛下在台湾破产和生病的丈夫，来投奔女儿，说自己大不了再工作个几年然后出家，言谈间有种看透人世的爽脆。小说的后半部分，父亲也回来了，他没能在女儿家多待，很快被母亲打发回乡下老家。母亲决意远行去朝鲜，小夫妻不由得松了口气，也隐隐有种罪恶感。这篇小说以简洁的笔法阐明，亲情和爱情有时会成为人的重负。

松鱼放弃文学开始学雕刻时，曾向俊子提出"你给我五年"，意思是自己成为雕刻家需要一定的准备期，在那之前，养家的重任交给对方承担。尽管经济上完全依赖妻子，当发现俊子和中村吉右卫门有书信往来，松鱼顿时爆发，在半夜把芳子从住处叫到自己家，让她交代那两人的关系究竟如何。芳子多年后在随笔中不无鄙夷地写道，"松鱼是个像虱子一样的男人"。

任何一个时代，总有新作者不断涌现。1914年（大正三年），芥川龙之介在东京帝国大学文科大学念英文系，和菊池宽（后来的文艺春秋创始人）等人一起办了同人杂志《新思潮》。同年，他的短篇《罗生门》发表在《帝国文学》，一个和《新思潮》是打擂台关系的刊物。

一边是活跃的同人杂志，另一边，走市场的杂志业已细分化，光是以女读者为对象的杂志都分了年龄段：《妇人画报》面向成年人，《少女画报》则聚集了大量的少女读者。1916年（大正五年），二十岁的吉屋信子凭借在《少女画报》连载的《花物语》成为中学女生们的偶像。三年后，她和俊子一样参加《大阪朝日新闻》的小说大奖赛，获得一等奖。

比芥川龙之介和吉屋信子早成名的俊子呈现出这样一种外部形象：写得又快又多，每本都畅销。

让我们按时间顺序列一下俊子从出道起的单行本：《断念》（1911）、《誓言》（1913）、《棣棠花》（1914）、《木乃伊的口红》（1914）、《恋爱的姑娘》（1914）、《恋爱的生命》（1915），五年出了六本原创中短篇集，考虑到其间还有散落在各家刊物的散文和诗歌，创作量十分可观。

接下来的《阿小金五郎》（1915）、《阿七吉三》（1916）均是以白话文重写歌舞伎剧目，属于新潮社"情话新集"书系，该书系也有其他作家参与，例如谷崎润一郎写了《阿才与巳之介》，冈本绮堂写了《乱发》。该书系由竹久梦二绘制美人封面，十分畅销。夏目漱石门下的新锐评论家赤木桁平发文抨击，说这是一种"游荡文学"。他的尖锐评价引发了其他文坛人士应战，争论愈演愈烈，绵延两年。从1915年到1917年，该丛书陆续出版，此后没有再继续，多半和文坛的论战有关。

实际上，俊子的写作生活并不像表面那么顺遂。当写作才能枯竭，对此有着最清晰认知的，是作者本人，她开始尽一切可能，从生活本身榨取能量，甚至做出了抄袭的举动。

1916年夏天有过一件插曲。芳子在书店读到《新潮》6月号，刊有俊子的《绿色》。绿色，意为嫉妒。小说由五篇女子来信构成，从头到尾全部是芳子给俊子的信。

此事给芳子带来巨大的冲击，自己的信登在了一流的杂志上，并且是以这样的形式。她对俊子感到失望，开始尽量不再围着对方打转。

俊子的生活有了些变化。松鱼开了一家小古董店，他住到店里，两人形同分居。俊子的父亲在台湾做生意失败，回到日本后无处可去，在女儿家寄居了一段时间。当俊子向芳子介绍"这是我的father（父亲）"，芳子有些震惊，因为她很难把眼前这个乡下人模样的半老男人和华丽的女作家联系在一起。

尽管芳子有意疏远，但是到了年底，俊子邀她过去住，她又开心起来。俊子的理由是为了避免松鱼赖在自己这里，需要芳子坐镇。然而没过多久，芳子发现俊子仍在私会松鱼，这让她无法忍受，没住几个月便离开了俊子家。

1917年3月，新潮社出版小说集《她的生活》，定价九十钱。这是俊子的第七本①原创新书，也是最后一本。如果看杂志的发表情况，她这一年光是小说就有三十六篇，是整个创作生涯的最高峰。

《她的生活》收录了十则中短篇。题名作已做过简述，《夜着》讲述仅有一床被子的贫贱夫妻，《荣华》的主人公是在歌舞伎演员身上耗尽家财的年轻妇人，有俊子母亲的影子。

11月，新潮社"代表的名作选集"第二十八辑出版，是俊子的小说集《女作者》。

我从旧书店买到了大正时代的《女作者》，收录《压迫》《炮烙之刑》《女作者》三篇。这是一本装帧素雅的小书，开本近似现在的文库本，棕色帆布书封，封面的左三分之二包了白色帆布，上有两行从右往左横排的烫金字，"代表的名作选集/俊子篇"，右边的棕色窄条上是烫黑的女子画像，显然出自智惠子之手。书脊上有小小的烫白装饰画，烫金字"女作者 田村俊子 代表的名作选集（廿八）"。翻开来，橘色内衬印着白色连环装饰纹样。版权

---

① 这一计算方式不包含前面提到的经典戏剧重写，以及各种书系的单一作者或多作者选本，如下文的《女作者》。

页显示，此书是1919年（大正八年）第十版，定价三十八钱的位置盖了章，改为四十五钱。正文后有一系列广告附页，其中出现了《她的生活》，第三版，九十钱。广告词如下："此是现代女流小说界的第一人田村俊子女史的杰作辑录，其描写尽情艳丽、恣意婉约，成就浑然美丽的艺术之姿，尽是名篇，包含了对当下的中心问题，性、恋爱、男女等诸问题最痛切的喊叫。"另一则广告是《日记一年》，由十二位作家各写一个月，十二人中赫然有芥川龙之介。

这本选集的篇目确实上佳。《压迫》沿袭了樋口一叶《浊江》的主题，描写风月场的女子；《炮烙之刑》和《木乃伊的口红》一样，演绎的是夫妻间的斗争和消耗。

以俊子一贯的风格，《炮烙之刑》有大量的感觉描写，女人对自由的追逐在"男女相克"的主题之下暗涌，终究无法突围。这篇小说是后来的研究者们热爱分析的文本，有多种解读：女性的自我解放、受虐与施虐的情爱、三角恋表象之下深藏的同性恋情节等……俊子的小说遍布她自己的影子，一个受困的炽热灵魂，一颗多感又易变的心灵。

最后一篇《女作者》对"写不出的焦躁"做了由外及

内的深入描写，以下几句常被人引用："她说有些东西无论如何都得写，可是无论如何都写不出来，烦死了。即便在这样的日子，这名女作者也化了妆……这个女人写的东西大多从脂粉中诞生。因此总是带着脂粉味。"文中，夫妻关系的颓势，丈夫的冷漠与自以为是，妻子对旧时感情的眷恋，都昭示着现实中作者与伴侣的相处模式。

选集风光上市的秋天，俊子离家出走，悄然遁居。原因不止一个：俊子此时陷入与铃木悦的恋爱；她向高利贷行业的女读者借了重金，一直未还；此前在热海的旅馆为《中央公论》写稿，没能写成。1917年（大正六年）的女作者可谓身心交困。

其实早在三年前，《中央公论》曾做过一期俊子特辑，有篇稿子由松鱼执笔，谈到俊子的交游时，他举了十余名男性好友的名字，其中就有铃木悦。

毕业于早稻田大学英文系的铃木悦曾是松鱼在《万朝报》时期的前同事，倘若没有这层关系，他和俊子也有另一条相识的途径。离开报社后，悦到植竹书院的出版社任翻译部主任。他主持的"文明丛书"，其中一册是俊子的《棣棠花》。

因为铃木悦的出现，俊子真正结束了与松鱼的关系。

萌生新恋情的这一年，俊子三十三岁，悦三十一岁。俊子走向悦，应该不只是为感情找个避风港，因为悦在各种意义上与松鱼截然不同，是一个对社会有着关切和同情的知识分子。

不过，悦是已婚人士。早在大学时代，他与青梅竹马的同乡彦坂金子结婚，他们有过四个孩子，不幸的是，没有一个孩子存活。妻子回了老家，在东京的悦还有一个同居四年的女友，此段感情因为俊子而告终。俊子离家后，两人对亲友们隐藏行踪，数次迁居，在1918年春搬到青山稳田，也就是现在的涩谷神宫前，在当时是偏僻的地段。

她和她和她

1918年（大正七年），日本女子大学校来了一名比其他学生大六七岁的新生，二十三岁的山原鹤。

鹤是金泽市长的长女，自幼丧母，怀着代替母亲照顾父亲的想法，她在高中毕业后留在家中，没有进一步深造。从《断念》开始，鹤就是田村俊子的忠实读者，她给俊子写信，意外地收到回信，从此开始书信往来。在内心深处，她隐隐把俊子当作母亲，常在信中倾吐心声。

笔的重量

1918年初，鹤给俊子的信不再收到回复。又过了一段时间，信直接被退回。鹤感到不安。恰好在此时，父亲提出让她继续念书。对鹤来说，去东京不仅是重返校园，更是有机会见到偶像田村俊子，她立即向日本女子大学校递交了申请。

到了东京，迎面而来的是六年的空白期带来的学业压力。鹤过着学校和宿舍两点一线的生活，一时间无暇把"寻找田村老师"排进日程。直到一天，她偶然看到玄文社的广告，"俊子人偶"在该社出售。

鹤兴冲冲地直奔玄文社，想要打听俊子的地址，没能成功。纸人偶五元一个，很贵。她毫不迟疑地买了，留下一张名片，请玄文社的人转交给俊子的联系人，名片上写道，自己来了东京，希望能见面。

名片没能带来回音。不久，鹤在火车上看到旁边乘客在读的报纸有"纸人偶 冈田八千代"的字样，她感到文章必定与俊子有关，立即在下一站提前下车，买了报纸。冈田八千代比俊子年长几岁，是剧作家小山内薰的妹妹，"一叶会"的成员，也曾是《青鞜》的顾问。虽然八千代和俊子很熟，但就连她也不知道俊子的下落。《纸人偶》中，俊子家的女佣带着纸人偶上门，请八千代购买，当她问及俊子下落,女佣表示不能说①。这篇文字透露出俊子的窘境以及朋友的困惑,并提及女佣离开的方位。鹤读到此处,内心雀跃。

仅凭着报纸文章的"青山"二字,鹤就托一个朋友帮忙找俊子。一家家去看名牌寻人,放在今天是难以想象的。没想到朋友还真的帮鹤找到了俊子隐居之处。鹤立即去信,讲述自己是如何找到这个地址的。终于,她收到了俊子的回信。信中说,我因故远离世人,不过既然你大老远来了东京,我们在周日见面吧。

此时俊子在青山稳田的家已非和情人同居的隐遁所。5月,悦去了大洋另一边的温哥华,彼时仍是英属殖民地。明面上的原因是当地日文报纸《大陆日报》的主理人向悦提出工作邀约,私底下,他也想借着离开,对婚姻做个了结。留在东京的俊子每天除了写日记,就是给悦写信。她对未来的计划很简单:花一年的时间做一些"好的工作",

---

① 小说《纸人偶》刊载后,5月26日的《读卖新闻》刊登了署名"俊子"(此时俊子开始避免用"田村"的姓氏)的《致冈田八千代氏》,控诉《纸人偶》一文明显写的是自己,却捏造了并非自己写的拙劣的信。对此,冈田八千代后来又登报做了回应,表示那只是小说,请勿对号入座。

赚够旅费,去北美看望悦。

初夏的一个星期天,鹤第一次见到仰慕已久的女作家,觉得对方美丽又和蔼。俊子的临时居所显得逼仄破败,不像名作家的住处,年轻女孩纵有些疑惑也没表现出来。两人的闲谈像通信时代的延续,鹤讲述她生活中的琐事和烦恼,俊子耐心倾听,并给予指导。俊子准备了便当,邀她出去吃。当时附近还没有建明治神宫,住房稀疏,走几步就是原野。两人在户外席地而坐,边野餐边聊天。从此,周日拜访俊子,和偶像一起在外面野餐,成了鹤的习惯。

多年后,年过六十的鹤向年轻的传记作者濑户内寂听回忆与俊子最初的交往,说俊子的待人接物,会根据对象变化。在俊子看来,鹤是个未经世事的姑娘,于是在交往中隐藏了成年人世界的不堪。"我是她的小说的热心读者,也和众人一样知道外界对她的评价,不过,出现在我记忆中的她,是个温柔的、让人怀念的纯粹的人。"

所谓外界的评价,指的是当时报纸杂志上频频出现的关于俊子交游关系的负面文章,相扑选手、歌舞伎演员都是她的绯闻对象。更尖锐的抨击来自俊子曾经的身边人。1918年4月到7月,松鱼在《大和新闻》连载小说《走来的路》。主角们换了名字，不过谁都知道，写的是他和俊子关系破裂的经过。除了妻子的出轨事件，说话刻毒的丈母娘在文中也占了不少篇幅。俊子读后十分气愤，想要写文澄清，终究没有提笔。

1918年是经济动荡的年份，从年初到8月，不过半年多，米价翻了四倍，普通人的生活越发艰难。俊子从前一年年底就没再发表小说，但她仍然没学会节约，家中有女佣和寄居的孤女，每月生活费差不多要六十元，光靠一个月挤出几首诗和二三十页随笔，连度日都艰难，更不要说筹措旅费。得知办签证需要资产证明，俊子感到眼前一暗。走投无路的情况下，她把写到一半的稿子改成中篇《破坏之前》，给了向她约稿的《大观》，说是还会写《破坏之后》，先预支下一笔稿费。为了拿到签证，她甚至跑到外务省，想要见外相。关于这段焦灼时期，濑户内寂听在《田村俊子》中有详细的叙述。

最终，靠着卖版权和举债，俊子终于筹措到旅费，并通过出版社开的证明拿到了签证。临走时写下的《破坏之前》刊在《大观》，以俊子、松鱼和悦三人纠葛为蓝本的小说不再有之前的笔力，显得冗长。小说的署名是这段时间常用的"佐藤俊子"，标志着与过往的诀别。

笔的重量

鹤回老家过完暑假重返东京后,和俊子只见了寥寥几面。10月10日,她忽然收到一封快信,俊子在信中说,自己即将搭明天下午三点出发的墨西哥丸号赴美,此刻已在横滨的旅馆。对鹤来说,消息过于突然。她想去送别,向校长请假,不巧的是,第二天上午有校长的课,她挨了一顿训:"怎么能不上我的课,去给写那种不道德小说的女作者送行!"

鹤哭着回到宿舍。听说她的遭遇,同学们大为愤慨。鹤惊异地发现,原来周围的女生几乎全是俊子的读者。群情激愤下,无人去食堂吃饭,形势一时间难以平复,年轻的舍监无奈,偷偷放走鹤,叮嘱她一定要在校长那节课开始前赶回来。鹤带着同学们让她转交的一大堆礼物,坐火车前往横滨,抵达时夜已深。经历一整天的情绪激荡和奔波,她敲开俊子的房门,发现里面除了俊子,还有个陌生人。

那是个穿着男式单衣和服的年轻女人,梳着利落的马尾,抽着烟。大正时代,年轻女性的发型通常是"庇发",头发蓬松地笼在额头周围,像个面包圈。鹤感到,眼前这个发型与众不同的女人"有一种异样"。

不用说,她见到的就是芳子。当晚,三个人聊了一整夜。鹤第二天一早赶回学校,没能去码头。俊子只把走的消息告知三五好友，高村光太郎夫妻前来送行，可能因为签证的事走漏风声，众多媒体也来了，《读卖新闻》等报纸在第二天刊出俊子赴美的消息，文章配了照片，西式打扮、戴着帽子的俊子，俨然是奔赴新生活的女作家。这时无论是俊子本人还是送行的媒体都不会想到，此去不是一两年的停留，属于"田村俊子"的时代就此被她抛在身后。

回到学校的鹤也看到了报道。另一个小小的意外来自芳子，她来到学校，把俊子从船上发的电报递给鹤。"晕船好了　愉快航海。"

可能有读者会感到奇怪，山原鹤不过是俊子众多读者中的一个，为什么给她如此多的笔墨。有时人与人的相识会带来更多的际遇，俊子与鹤的交集将带来新的聚散。而且，鹤有她的特殊性：在俊子周围登场的众人中，鹤一直没有从事创作，也从未置身于事件的中心，这些都使她成为超然的旁观者。

从前的人爱写信，大洋虽然造成阻隔，鹤与俊子仍有书信往来。离开前，俊子曾叮嘱芳子照看鹤。芳子虽然比鹤小一岁，但显得更成熟。以俊子为纽带，性情迥异的二人成了朋友。

之前芳子把诸多时间和心思放在俊子身上，曾努力抽离,但屡屡失败。俊子对她的信件的剽窃在《绿色》之后又发生过好几回。好在芳子还有她的俄语事业。1918年春天,隐居的俊子因悦的离开独自沉陷于悲伤时,芳子办了名为《赤光》的女性文学杂志,在上面翻译发表了俄罗斯作家亚历山大·库普林的《亚玛街》。小说涉及俄国妓女的生活,充满同情。因为题材,《赤光》仅发行三期就被禁,芳子不得不缴纳四十元罚款。

芳子被罚款的1919年,日本正在兴起要求年满二十五岁且缴税三元以上的男子获得选举权的运动。年末,创办《青鞜》的平塚雷鸟与其他人一道发起新妇人协会,开始做一些有关女性权益的工作,但对妇女选举权的主张,还要再过五六年。民主化的进程尚未开始,另一方面,思想先进的女性杂志被禁的风险仍比普通杂志高,《赤光》这样小小的个人杂志也不能幸免。

养父母家得知芳子惹出的麻烦,干脆断了经济援助。芳子再也没法优哉游哉地游学,只好找了份记者的工作,几次辗转后,在1919年冬成为《大正日日新闻》京都分局的记者。

重返京都的芳子有了新的恋情,对方是名叫北村圣子的艺伎。芳子是恋爱中付出较多的一方,她为圣子赎身,还给恋人找了系出名门的长歌老师，为的是圣子将来可以当老师授课。

人们的生活看似如常的同时，西班牙流感正在全世界范围蔓延。曾与铃木悦共同署名《战争与和平》译者的话剧导演、剧作家岛村抱月，便因西班牙流感逝世。比俊子早一个月，还有一位女作家前往海的那边：十九岁的中条百合子跟着父亲去了美国，成为哥伦比亚大学的旁听生。两年前，她在《中央公论》发表中篇《穷人们》，后由玄文社出了单行本。百合子的父亲是有留英经历的建筑家中条精一郎，外公是明治初期的思想家西村茂盛，母亲中条葭江也受过一流的教育。成长于优裕家境的百合子，她的第一篇小说基于暑假的见闻，写的是开拓村的贫苦人群。从题材选择不难看出，创作者的天性有时能脱离环境的桎梏，向着最适合自己的方向生长。旅居美国的中条父女先后染上流感，病中的百合子由一名男子悉心照顾，那个人叫荒木茂，在哥伦比亚大学研习波斯语，比她年长十五岁，百合子痊愈后，不顾家人反对，嫁给了他，随后夫妻俩一起回国。

关于这段占据百合子二十岁到二十五岁阶段的婚姻，她在几年后的自传小说《伸子》（中译本：《逃走的伸子》）中做了深入的剖析。小说的女主人公伸子是个富于生命力和创作力的年轻女性，死气沉沉的丈夫和婚姻生活让她有种窒息感，伸子的母亲是个典型的有强烈控制欲的知识分子家长，母女之间常有不快。同样是写婚姻，和俊子微弱无力的"抗争"不同，百合子的自我观照带着向上的振奋。

百合子被婚姻困住的那几年，也是芳子和圣子的感情走向败局的纷乱时期。1920年春，芳子和圣子先后到东京，同居了一段时间。其后圣子在京都开设教室，从此她经常往返于两地。经济上，芳子比过去从容，她开始担任《爱国妇人》编辑，并在早稻田大学旁听俄语课（当时早大不接收女生，只能旁听）。两年后，生母过世，芳子的户籍回到亲生父母家，姓也从"井上"改回"汤浅"。养父母家给了一笔钱当作离籍的礼物，由生父管理，芳子暂时无权动用。她用自己的收入支援圣子，尽管如此，圣子经常背着恋人依附其他男人，经历几次分手后，芳子最终在1924年初结束了这段布满裂痕的恋情。

和圣子分手那年的春天，芳子在作家野上弥生子家遇见了百合子，初见的情景也被百合子写进了《伸子》。小说中，年长的女作家向伸子介绍素子（原型为芳子），说她是"啃老的有身份的人",得知素子在某杂志社工作,伸子心直口快地说,那是本无聊的杂志。伸子对素子的第一印象颇佳,"从素子枣子形、肌理细腻的小麦色脸庞上,(伸子)感觉到一种极其稚嫩和纯粹的魅力"。

日记写得不勤的芳子难得记录了初见百合子时的印象:"三点以前去野上家。见了中条。第一次见面,是个胖乎乎的太太模样的人。觉得她显得比我年长,我还是第一次见到这样的女性(比我小却感觉年长)。是个说话毫不顾忌的人。不过有种不协调感。感觉不坏。正因为是未知数,让人有兴趣。"

在小说中,两人很快成了畅所欲言的好友,正是素子的出现,促成伸子下决心结束婚姻。小说的描写更接近同性的友谊,现实中发生在百合子与芳子之间的,则是不折不扣的恋爱。百合子和丈夫的分手并不干脆,其间有过反复,也给芳子带来若干伤害。1925年,两人开始共同生活。受到勤勉的百合子的影响,芳子着手翻译契诃夫写给妻子的信。

从最初对俊子的迷恋,到后来和圣子走向破局的同居生活,芳子的恋爱对象总是同性。百合子在各方面都是前卫的女性,邂逅芳子,她认为这是"爱的新形式",并从中看到自我成就和共同进步的可能。

1926年，日本的年号从大正变为昭和。芳子与百合子的关系从最初的新鲜和甜蜜，逐渐开始生出阴影。芳子善妒，占有欲导致她有时近乎歇斯底里地爆发，甚至对百合子动手；至于百合子这边，在感情的新鲜期过后，她感到与芳子之间越来越像亲人，似乎缺了点什么。两人虽然没有挑明，却都意识到这段关系不像最初设想般完美。

或许是为了有所改变，芳子决心拾起早先搁置的计划，去俄罗斯游学。

正如当初俊子出国，首先面临的是费用问题。芳子得到家里的支持，动用了此前和养父母家脱离关系时拿到的"离缘费"；至于百合子，上一段婚姻导致她和母亲的关系恶化，所以尽管备受父亲疼爱，她也没法向父母寻求经济援助。最终由改造社预付百合子一笔稿费，算是支持她的海外之行，将出版的书是与田村俊子和野上弥生子的合集。

其实，直到临近出国的时候，百合子对此行仍有迟疑，她在日记中记录了与芳子的争吵："我觉得Y特别神经质，甚至想要她离开，我自己悠然地生活"，之后又补充道，如果从Y的角度看，一个人去苏联太寂寥了，将心比心，自己是能够理解的，以及——

> 我们的生活中，与恋爱氛围不同的亲情之爱渐渐广泛呈现。因此，我有时感觉到一种官能的憧憬（我们之间是好的，但这是自然的）……我该怎样维持这份想要恋爱的心呢？——毕竟，我做不到无条件地承认恋爱的发展过程（恋爱、结婚、对结婚的解释），也不会按照所谓的摩登，受到现代文明的消极［否定的］影响，我必须找到新的价值。（1927.6.7）

日记中除了迟疑，还有强烈的孤独感，"我想要有朋友，想要真正的朋友"。曾经，芳子是她珍贵的朋友，当朋友变成恋人，得到一些的同时便会失去一些。

这对伴侣也曾有过甜蜜的时刻：百合子把她和芳子用两人的首字母命名为"Y.Y.Company"，她叫芳子"莫亚"（俄语 моя：我的），芳子称她"贝可"（日本东北方言：牛），昵称一直沿用到后来。

在工作方面，她们给彼此带来正向的影响。百合子花了三年时间，完成在《改造》上的《伸子》连载，又开始从头改稿，芳子也终于译完了契诃夫给妻子的书信集。

不过，她们之间的问题也不少。8月28日，两人因为金钱发生口角。百合子在日记中写道："晚上，我完全不想去苏联，悲伤，低落。我为什么这么不想去苏联呢？但我如果不去，Y就不去。要是只有Y一个人去，我们的生活就会破灭。是想要破坏的潜在力让我这么不想去吗？"

12月2日，芳子和百合子在京都站坐上往下关的火车，晚上十点，她们从下关坐船，前往釜山。有人混在一群采访的记者中问："你们会去见片山潜①吗？"其质问明显有威慑之意。还有两名刑警上船收集了乘客的名片。

关于两人在苏联和其他欧洲国家的游历，被百合子写进了她的另外两部长篇《两个庭院》（中译本：《小径分叉的庭院》）、《路标》。时隔二十多年，作家用文字网罗了记忆的碎片：伸子与素子之间私人感情的起伏，苏联社会的方方面面，伸子的弟弟自杀，伸子生病，两人和高尔基的会面，从苏联到欧洲——华沙、维也纳、布拉格、柏林、巴黎。初抵欧洲，她们惊叹"面包是白的！"，目睹伦敦东区的贫困，革命思想在伸子心中悄悄萌芽。

---

① 片山潜（1859—1933），日本社会主义者、马克思主义者。1911年因组织罢工被捕。出狱后，1914年亡命美国，之后到了苏联，从海外指导日本共产党的工作。

伸子在各种意义上是百合子的化身，早年在少女时代写下《穷人们》的作家，发生在她身上的蜕变就如同冻草在雪融后冒出地面，有股抑制不住的生机。

1930年（昭和五年）10月，芳子和百合子带着写有"Y.Y.Company"的行李，从莫斯科经西伯利亚回国，在文人住客云集的本乡菊富士宾馆落脚。

国家与作者

1928年，一本全新的女性文学杂志《女人艺术》由长谷川时雨创刊。如今中国读者也很熟悉的林芙美子最初就是在该刊物上发表了《放浪记》，开始为人所知。与早先日本文坛那些受过高等教育的女作者不同，林芙美子的作品是从极度贫困的生活中生长出来的，因此具有格外强韧的生命力。和她类似的还有一位女作家，佐多稻子。

稻子进入人们的视野，同样是在1928年，《无产阶级艺术》2月号刊登了她的第一个短篇，《来自糖果厂》。

日本的左翼文学组织在1927年经历了一次分裂，形成三个团体，普罗艺（日本无产阶级艺术联盟）是其中之一。这场分裂遍及全国，三个团体各有自己的刊物，分别拥有一批活跃的作者。

《无产阶级艺术》是普罗艺旗下杂志，1928年2月号的杂志封面画透着那个年代的左翼审美：翻卷的红旗，砸断锁链的臂膀。刊载的文章中，第一篇是署名"共产国际"的《迎击白色恐怖》，接下来的两篇是艺术论，鹿地亘的《无产阶级艺术继承了谁》，中野重治的《一个有关绘画的紧急问题》。

一册杂志如果全是论述文，未免枯燥，接下来的内容有漫画、诗歌和散文。《来自糖果厂》是这期杂志唯一的小说，也就格外引人注目。十三页篇幅的短篇，文字有种不矫饰的轻捷。小说的女主人公广子在父亲的要求下，小学五年级就退学，去离家坐火车四十分钟的糖果厂做工。工作要站一整天，她在劳累的间隙隔着玻璃眺望河对面的广告牌上的阳光。"那些广告牌一整天照着太阳。阳光看起来很幸福。"偶尔遇上包装柠檬糖，那是女工们最快乐的日子，因为可以吃柠檬糖碎屑。终于结束一天的工作，每个女工经过大门时会被搜身，以免她们在衣物和便当盒里夹带糖果。

写下这篇小说的时候，稻子二十四岁。小说来自她本人的经历。她出生在长崎，1915年（大正四年），她十一岁，一家人来到东京。芥川龙之介发表《罗生门》也是在这一年。稻子小学没毕业就开始辗转打工，工作之余，她用一切可能的余暇读书看杂志。在上野不忍池的"清凌亭"当女招待的时候，她一眼认出和朋友来吃饭的芥川龙之介。作家们发现女招待当中有个文学少女，感到有趣。远远地旁观文坛人士，周围却无人可以讨论文学，这更让稻子感到孤独，于是她辞工并谎报学历，成了丸善①的店员。在那里，不化妆的她被一名顾客注意到，该顾客通过丸善管理层向她提出婚约，对象是自己的小舅子，一名富家子。稻子俨然成了灰姑娘故事里的主角，然而故事并没有圆满的结局。丈夫认为周围的人都在觊觎他的财产，常对妻子施加暴力。婚姻走向绝望，夫妻俩试图一起自杀，没能成功。稻子在离婚后生下女儿，交给自己的父亲和继母抚养。她成了咖啡馆的女招待，在那里遇到同人杂志《骡子》的一群人：中野重治、洼川鹤次郎、堀辰雄等。

《骡子》的成员都是风华正茂的青年，对美丽又显得忧郁的稻子，他们不仅给予善意，也鼓励她从事创作。堀

---

① 丸善，创立于1869年的进口商店、贸易商。1910年建于日本桥的总店共四层楼，设有电梯，是日本最早的钢筋红砖建筑。二楼售卖外文书，佐多稻子因学历不够，在一楼进口商品部工作。

辰雄发现稻子和自己念过同一所小学，于是为她支付法语学校的费用，让她学外语。后来他付不出学费，便改为亲自教她，教材是普洛斯佩·梅里美的短篇《托莱多的珍珠》。稻子后来回忆《骡子》众人，称他们为"我的大学"。

与文学青年们的邂逅带来的除了智识，还有感情。稻子主动选择了鹤次郎，当时他在贮金局（旧邮政省的储蓄机构）工作，是同人们当中经济最窘迫的。结婚时，夫妻俩分别是二十二岁和二十三岁。

稻子在《骡子》写了一些诗。芥川龙之介也给过《骡子》诗和俳句。时隔多年，稻子重新见到年少时就仰慕的作家，他整个人看起来憔悴极了，让她心惊。1927年的一天，作家说想要见稻子，堀辰雄、鹤次郎和稻子一同去了芥川家。芥川龙之介不知从哪里听说了她之前自杀未遂的事，问她吃了什么药，醒来后还想不想死。稻子如实作答，并感到困惑。

三天后，芥川龙之介自杀。这场死亡在文学界造成激荡。但活着的人还要继续走他们的路。

中野重治在同伴们当中最早投身左翼运动，其后，除了堀辰雄，其他人都加入普罗艺。稻子给《无产阶级艺术》写了一篇随笔，中野重治读过后判断，素材足以构成小说。他来到洼川家，说"我在这里工作一会儿"，写了一封给鹤次郎的信，把对稿子的建议写在信中，让鹤次郎转告。

可以说，没有中野重治的鼓励，就没有小说家稻子的诞生。被改写成小说的《来自糖果厂》没有处女作常见的青涩，在左翼阵营之外也引起了注意，《读卖新闻》2月10日有个小栏目对《来自糖果厂》做了不算醒目但透着善意的评价。

小说作者稻子刚"亮相"不久，便发生了三一五事件。

政治事件的起因通常非常复杂，如果只举一项最直接的原因，大概是1928年2月的众议院选举。这是日本第一次取消候选人纳税额限制的选举，无产派系以百分之九的选票产生了八名议员。共产党在选举过程中的宣传声势浩大，最终却没能获得席位。此事让保守党派感到恐慌，3月15日，大量共产党员和左翼人士被逮捕入狱。事件的后续效应是，几个分裂的左翼文学组织重新合并为无产者艺术联盟，简称"纳普"（NAPF），同时诞生了新刊物《战旗》。

说起《战旗》的作者，就必须提到小林多喜二。他的处女作《一九二八年三月十五日》描写了多名左翼人士被捕和被拷问的经历，分两回在《战旗》连载（1928.11—12）。每当涉及惨烈画面，杂志页面上赫然是"（以下二十四字删除）"等字样，或者干脆把原文换成一串"×"。删节处理不足以避祸，两期杂志均被禁止发售。即便如此，小林多喜二的文名仍迅速传播开去，他也因此在特高课（日本的秘密警察）"挂了号"。

佐多稻子也成为《战旗》的作者，此外，《女人艺术》等刊物也留下了她的文字。随着政治形势愈加紧迫，鹤次郎几次被捕。稻子常去看望其他身陷囹圄的伙伴的家属，还在街头卖左翼报纸，收集救援资金。1929年4月，又一次大规模的全国搜捕下，鹤次郎入狱，此时稻子正怀着身孕。两人正式结婚是在同年5月。

隔着时光遥望，日本社会在20世纪20年代末的革命萌芽与政府镇压，仅仅是大范围激荡的一角。1929年10月，华尔街股价暴跌，阴影开始在全世界蔓延开来。

《战旗》的销量从创刊时的七千册一路飙升，在1929年超过了一万册。这一年的5月号和6月号刊登了小林多喜二的《蟹工船》，6月号还开始连载德永直的《没有太阳的街》，这些作品兼具文学性和话题性，引发了全社会的关注。9月，战旗社推出"日本无产阶级作家丛书"，第一卷就是《一九二八年三月十五日》，单行本恢复了此前杂志版本的删除部分，刚发售即被封禁。

佐多稻子的第一本书是该丛书的第八卷，中短篇集《来自糖果厂》，包括题名作，共九篇小说。

1927年离开日本后的三年间，百合子在苏联和欧洲一直持续写作。她关注的不只是眼前的世界，也包括日本文坛的动向。读了出版社寄来的杂志，她在日记中写道："《改造》上有与谢野晶子的雅韵诗。有趣的是，诗充满了技巧，同时内容变得保守。某个时代也来到了文学上。旧的东西和新的被分开。读她在贫困时代写的东西，谁能预测到，与谢野会变得这般陈旧！"

与谢野晶子曾在《青鞜》创刊号上写出震人心魄的诗句，"山动的日子来了"，十七年后，百合子将她视作"陈旧"。可见十七年的时间足以让新的一代长成，开启与前人截然不同的观察与思考。

百合子是少有的亲自体验过苏联社会的女作家，回国后自然广受瞩目。她发表了一连串描写苏联现状的文章，立场鲜明。1930年底，鹤次郎和同伴到访本乡菊富士宾馆，请百合子和芳子加入"纳普"，两人同意了。百合子的加盟上了报纸，可知当时她在文学和社会意义上都是知名人士。

这一年的年末仍然动荡不安。11月，首相滨口雄幸在东京站被刺杀。该事件标志着民间右翼势力和军部正在侵蚀整个政府部门。

1931年九一八事变标志着日本侵华战争的开始。向外扩张的国家，对内则压制言论。创作者们在不断撞上各种禁令之后结成新的联盟——日本无产阶级文化联盟，简称"科普"（KOPF），这是一个比"纳普"更广泛的联合体，包含了文学、电影、科学、教育各界。文字需要靠印刷发行才能传播，很难在政治压力下存续，《战旗》于1931年底终结，"科普"的《无产阶级文学》也只发行到1933年。

一方面是愈加恶劣的大环境，另一方面，以文字为生计和武器的人，有各自的私人生活。1931年初夏，百合子和芳子搬到白上屋敷（现在的西池袋二丁目到三丁目之间），芳子依旧从事翻译，百合子忙极了，马不停蹄地写稿、演讲，新知与故交来来去去。这时，一名年轻的异性出现在百合子的生活中。他叫宫本显治，是一名文艺评论家、日本共产党的核心成员之一。那一年，他二十三岁，她三十二岁。

1932年2月,百合子从和芳子共同的家搬出来,回到本乡菊富士宾馆,不久后开始与宫本显治共同生活。然而就在4月,百合子被捕,宫本显治转入地下活动。对从事文学的左翼人士来说,黑暗时代的大幕刚刚拉开。

归　来

离开日本前,俊子的内心充满了对爱情和事业双丰收的憧憬,她在给悦的信中写道:"无论是爱情也罢,艺术也罢——我们的生活在忧伤的喜悦之中有一种紧张,而我们在忧伤的喜悦之中紧紧相拥,到底将会营造出怎样高贵的生活呢?"

1918年10月末,俊子抵达温哥华,不久便以"鸟之子"的笔名在悦任职的《大陆日报》发表随笔和诗歌。第一篇《旅鸦的音信》表达了在陌生大陆的寂寥感,以及外语能力不足的惶惑。

当时移民到加拿大的日本人多为体力劳动者,受教育程度低,他们的结婚途径是"照片婚",也就是凭借照片相亲,从国内迎娶妻子。远赴海外嫁给陌生人的日本女性

笔的重量

通常会感到失望,在异国他乡,她们生活在社会底层,而且在家庭内部的处境更是糟糕。从加拿大人的角度看,移民们的居住区卫生条件差,婴儿死亡率高,更有"照片婚"这种近乎野蛮的风俗,因此导致的种族歧视也就更强烈。

铃木悦除了担任《大陆日报》的记者,业余时间还为劳工纠纷奔走,在他的推动下,诞生了最初的在加日本人工会,同时诞生的还有《劳动周报》,在这一过程中,他本人逐渐成为当地工会运动的核心人物。

俊子抵达温哥华四年多后,悦终于和在日本的妻子办完离婚手续,于1923年3月和俊子正式结婚。

1924年,悦从《大陆日报》辞职,创立民众社,《劳动周报》改为小开本日报《民众》。俊子去了美国旧金山,为当地的日文报纸《新世界新闻》写稿。各种迹象表明,二人原本计划前往美国发展,悦打算帮《民众》打下一定的基础,然后和俊子一道工作,结果他和《新世界新闻》的条件没谈妥,加上两地分离给他带来诸多猜忌和不快,最终俊子在美国只待了三个月。

悦顶着经济和各方面的压力,继续办《民众》,他的身边聚集了一批视他为偶像的年轻人。为了筹措办报资金，悦常到各地演讲，并在许多事情上和领事馆以及日本人商会等势力针锋相对。他试图从根本上改变在加日本人群体的处境，提倡男女平等、女性的自我教育、移民群体融入当地社会。如今看来，他的很多思想不仅是进步的，甚至是超前的。曾经的文学青年成了社会领袖，与之形成对照的是小说作者俊子的沉寂，她帮《民众》编译英文新闻，给当地的日本女性办英语训练班，偶尔为《大陆日报》写诗歌和俳句，但对悦周围的年轻人来说，她仅仅是悦的夫人，人们常用"鸟之子夫人"称呼她。

顺遂的感情生活对创作的影响究竟是好还是坏呢？俊子身为文坛宠儿和年轻女读者偶像的那些年，她的小说是从黑暗的土壤中开出的花，到了异国，在悦的身边，她显然是安定和满足的，却不再创作。漫长的旅居期间，她只写过一篇宗教意味明显的小说《牧羊者》，发表于1919年元旦的《大陆日报》。1930年，她成了工会妇女部的部长，办音乐会、手工特卖会，俨然走在和悦并驾齐驱的路上。

1932年2月，由于父亲屡次催促，悦回了日本。按照他和俊子的计划，这将是一次短期旅行。俊子没有同行，一方面是旅费不够，另一方面是需要有人留下来维持《民众》的运行。

对悦和俊子的异国生涯，工藤美代子和苏珊·菲利普在合著的《晚香坡的爱：田村俊子和铃木悦》一书中做了细致入微的探究。非虚构作品难免带有作者的主观性，在这本书中，俊子和悦是同赴理想的伴侣，两人过着贫穷与知性的生活。到了书的末尾，传记作者似乎不情愿地承认，这对神仙伴侣还有些令人费解之处——家人和朋友的证言表明，回到日本的悦的身边，有一个从加拿大跟过来的女人，是"照片婚"的受害者，容貌清丽，三十来岁。这一年，悦四十六岁，俊子四十八岁，他们之间多年的感情积累是长在异国土地上的树，似乎即将因日本的风土发生异变。

悦的父亲不愿儿子再次出国，不许家人给悦经济援助。1933年春，悦在上智大学和明治大学找了份讲师的工作。他给俊子的信多是事务性的，提及钱不够，希望那边筹措。9月，他患了盲肠炎，手术也没能挽救他的生命。悦突然病逝的消息传到彼岸，俊子悲痛极了，表示想要随悦一起死去。

然而就在两个月后，俊子去了洛杉矶。就像她曾经毅然抛下日本的一切，这一次，她将悦留在温哥华的事业抛在身后。对悦和俊子在温哥华的朋友们来说，她的离开令人费解。在日本，《青鞜》《女人艺术》都已停刊，《女人艺术》的创刊人长谷川时雨又办了一份月刊，《光辉》。俊子早在出国前就和时雨相熟，该杂志刊登了俊子的一封信，《考量恢复》，表达了她在伴侣过世后的悲恸与丧失感。

生活在洛杉矶的俊子以笔名"优香里"为当地的日文报纸《罗府新报》写了一系列采访稿，专栏名为"遇见人"。优香里的意思是紫色，俊子最爱的颜色。她的采访对象是生活在当地的日本人，从高官到普通人，这些采访写得很随意，似乎只是为了赚稿费。她不再是温哥华时期的朴素形象，华服美屋，出手阔绰。她不时向熟人们借钱，总是有借无还，另一方面，她看起来并不真的缺钱。熟人们都知道，一个经营超市的有妇之夫充任了俊子的男友和"赞助人"。

由于留美签证办不下来，1935年2月，俊子从洛杉矶回到温哥华，待了一段时间后回国。1936年3月，在横滨的码头迎接她的，除了长谷川时雨等旧友，还有众多媒体记者。被问及这些年有没有读日本作品，对谁的印象深刻，她举了几个当下的名字，其中就包括稻子。

对于女作家的回归，不少报章杂志用了浦岛太郎的比喻，说她是"女浦岛"。在日本传说中，浦岛太郎救过龟的性命，龟带他进入龙宫，龙女以盛宴招待他。吃过饭，他提出要返回人间。龙女给他一只小盒，嘱咐他别打开。回到故乡，他发现已过了漫长的时光，寂寥之下打开盒子，顿时由青年变成了老人。

根据周围的人对俊子的容貌的回顾，她看起来也就三十来岁模样，远非实际的五十出头。或许正是因此，媒体才不约而同地用了"浦岛"一词。大洋彼岸的《罗府新报》也刊登了报道，"浦岛太郎为白发叹息……文坛'女浦岛'田村俊子女史，她的灵魂承载了日俄战争之后自然主义的潮流，这次被二二六事件的风一吹，发出了'时代的叹息'……"

俊子回国，正好是在"二二六"之后，这场日本陆军皇道派的失败政变带来讽刺性的转折，军部的势力从此高涨。俊子离开日本的十八年，是整个国家经济低迷并逐步走向军国主义化的十八年。文坛的风气变化远远早于"二二六"。1933年2月，小林多喜二在赤坂被捕，随后在拷问过程中死亡，时年二十九岁。他的遗体被送回家后，百合子和稻子为他换了衣服，目睹了他身上可怖的伤痕。3

月，稻子的丈夫鹤次郎被捕。6月，在狱中的日本共产党中央委员长佐野学发布了《给共同被告同志书》，也就是"转向声明"。此事影响巨大，其后，无论是真心还是假意，跟着转向的共产党员们为数众多。鹤次郎自认为是"伪装转向"，总之也写了悔过书，被放了出来。恢复自由身的日子也不好过，许多杂志被迫停刊，许多人上了黑名单，只能换个名字做些不入流的文字工作……

百合子的伴侣宫本显治于1933年年底被捕，他在狱中递交了结婚申请。百合子正值写作被封杀的时期，接下来的若干年间，她的作品时常被禁止发表。她自己也多次遭遇牢狱之灾，1934年初，她第三次被捕，直到半年后母亲病危才被释放。

对这些，俊子即便在回国后听说了，恐怕也无法立即消化。她的第一篇归来作是短短的问候文，刊于《光辉》(1936.4)。稍微正式的作品是发表在《改造》上的随笔，《千岁村的一天》。所记的事颇为日常，朋友K邀俊子去看开窑，旧友Y也一道去了。文中的K是留英归来的陶艺家富本宪吉，他的妻子一枝（笔名尾竹红吉）曾是《青鞜》成员，当时她为杂志写稿和画封面，与俊子、智惠子都有过往来。时光荏苒，四十三岁的富本一枝如今是随笔作家,且是两个孩子的母亲。至于旧友Y,正是曾经冲破校方阻力去横滨送俊子的山原鹤。从日本女子大学校毕业后,鹤成了该校宿舍桂华寮的舍监,一段时间里,投身运动的学生们陆续身陷囹圄,她默默地援助学生及家长,后来辞去舍监职务。如今四十一岁的鹤是茶道老师,号"宗云",有一间名为"松寿庵"的茶室。

鹤与俊子重新相熟,说起来和芳子有关。彼时芳子早已不再是围着"老师"打转的年轻女孩。经历过与百合子的聚散、苏联和欧洲的旅居,她已是成熟的译者,也曾因为捐助左翼被捕,还遭到起诉和判刑(缓刑,最终并未执行)。芳子没有参加俊子的欢迎会,颇有些冷眼旁观的架势。不过,出于向来务实的性格,她给俊子找好了旅馆,并联系几家杂志社谈了稿约,为的是让俊子尽快展开在故国的生活和工作。但俊子嫌旅馆"太老式",很快搬到当时最新潮的八洲宾馆,也没给芳子介绍的媒体写稿。两人为此大吵了一架,芳子找到鹤,让她照看俊子:"我反正无能为力,但那个人放着不管会很糟糕。"

原本,鹤看到报纸杂志对俊子回国的隆重报道,感到对方置身于关注的中心,并不打算前去打扰。有芳子的嘱托在先,她才和俊子恢复了联系。《千岁村的一天》中,Y

提着大包小包,有三明治、红茶和点心,的确是照顾人的模样。"Y度过了喜爱文学的年轻时代,对近代的社会思想抱着忧患意识,苦于这些问题,最终想要在日本的传统文化中寻求安静的生活,成了茶道教师……"俊子对鹤的描写是中肯和明晰的,仍有着小说家的观察力。在旧友欢聚的叙述间,有一段看似无关的闲笔。俊子抵达横滨时,反问采访自己的记者,东京市民如何看待"二二六"。记者答,先是吃了一惊,之后各个娱乐场所都热闹如常。俊子又问,这种漠不关心是为什么呢。记者答,因为想了也没用。

  对日本民众来说,这是个"想了也没用"的时代吧。说"想了也没用",让人感到黑暗。

《时事新报》有个专栏"向休业作家们提问"。休业作家,其中有些是被封杀,不得不休业。6月,俊子也参与了该专栏,她给文章取了个刺眼的标题,《卖文》。文中写道:"但我对生活的观念和从前有着根本的不同,如何通过(文学)这种艺术现实地再现自己的观念,对如今的我来说,是最难的问题……没用的我,不想过没用的生活,可是，既然我的紧迫问题是怎么谋生，我想，别无他法，只有卖文为生这一条路走。"她还提到自己在远离写作、单纯做读者的日子里阅读的作家及作品，最喜欢的是志贺直哉的《暗夜行路》，"清澈、透明的，用色泽来说是纯白的，有着高洁的气质"。

时代激变，读者更迭，按理来说，离开文坛那么久的作家，很容易被人遗忘。不过，俊子的情况有些特殊。和她年纪相仿且相熟的编辑们早就成了出版界数一数二的人物。改造社的社长山本实彦曾给准备出国的百合子预支了高额稿酬，对应的出版物正是百合子、俊子和野上弥生子的三人集。中央公论社的岛中雄作曾经是杂志《中央公论》的编辑，创刊《妇人公论》，四十一岁任职社长，翌年创立出版部，引进《西线无战事》，一举奠定该社在图书出版方面的名声。从前的旧交们对俊子给予了极大的善意，不缺稿约的她重新开始写小说，更多的则是"卖文"的随笔。

1936年10月发表于《改造》的《小小的步伐》[①]，讲述的是在加拿大的日本二代移民的生活。同杂志刊登了续

---

① 回国后，田村俊子发表的作品均署名"佐藤俊子"。

篇《靠近微光之影》和完结篇《爱会引导》。1937和1938年，俊子每年在杂志上刊登四则中短篇，数量远不如全盛时期。她常向朋友哀叹"写不出来""不知该怎么写"，再加上其题材多涉及身在海外的日本人的挣扎，对日本读者来说毕竟有隔膜，于是文坛的众人也渐渐认为，曾经引领一代风潮的女作家陷入了某种文思枯竭的境地。

回国后的俊子写的小说中，值得一提的是《被留下的人》。主人公是在玻璃厂工作的少年驹吉。父亲曾参与工会活动，因此没了工作，死于肺病。那之后，母亲变得行踪飘忽，十二岁的驹吉和比他大四岁的哥哥进了玻璃厂，每天在高温环境下辛苦劳作。几年下来，哥哥陷入对生活的麻木，赚到钱就喝酒、找女人。驹吉仍保有年少的感受力，他的眼中映照出周围众人：母亲、念完小学进了军工厂的好友、捡垃圾的小伙伴……一天，母亲接走驹吉，说要供他念书，当驹吉发现母亲实质上成了别人的妾，新的痛苦向他袭来。小说清晰地刻画出少年的性萌动，以及逼仄生活带来的种种压抑。百合子撰文称赞道："这一作品中，作者几乎是无意识地溢出的色调与感觉，是她长期以来的读者所熟悉的，正因此，她今后的发展值得注目。"

尽管写作不算顺遂，但俊子的生活方式仍延续了洛杉矶时代的浮华。她从八洲宾馆搬到日本桥的本町公寓，月租六十元。室内一向有鲜花，即便在家，她也总是化了妆，穿着外出的衣服。山原鹤和其他朋友不止一次借钱给她，也都习惯了借就是送。四十出头的鹤不再是当年的懵懂少女，对曾经的偶像有了更多的了解，但依然维持着与俊子的友情。俊子不光从鹤的衣橱挑选和服穿走，还和她一起见裁缝，当然，俊子的新衣由鹤付款。比起衣着低调的鹤，俊子选的面料色泽绚烂，更像是年轻女孩穿的。

前文提及的濑户内寂听的《田村俊子》和吉屋信子的《自传式的女流文坛史》，都写了俊子向吉屋信子借钱的轶事。俊子刚回国的夏天，鹤为了让俊子散心，带她去轻井泽，在那里遇见被女学生包围的信子及其伴侣。说起来，信子比俊子小一轮，1916年她因为《花物语》一举成名，那时俊子已是功成名就的作家，但不久便赴海外。俊子离开的近二十年间，信子一直在写饱含少女心绪的小说，其作品常年畅销。和芳子一样，吉屋信子并不避讳与同性情人的关系，两人总是出双入对。如今，她的作品经常被当作同性意识研究的对象。

根据鹤的回忆，俊子目睹信子置身于读者们中间的热闹情景，言谈间颇有些酸。信子早先在出版社举办的会上见过俊子，偶遇前辈作家，她哪里猜得到对方的心思，出于礼貌，请俊子一行去自己在轻井泽的别墅玩。两人之间的交往仅限于此。之后的一天，俊子突然上门，声称要借五百元。信子吃了一惊。五百元等于是一百页稿纸的稿费，即便对畅销书作家来说，也是一笔不小的钱。最终信子没有拒绝，尽管她知道，借出的钱只会打水漂。

俊子的活动不少，座谈会、演讲、"换个地方写作"的旅游。对感兴趣的人，她会主动展现热情。她衣着精致、举止大方，看起来极为年轻，笑容富有魅力，和她有过接触的人，很难不对她产生好感。有不少年轻女作家成了她的友伴，百合子、稻子都在其中。俊子格外钟爱正在被打压的左翼，这应该和她与铃木悦在加拿大的经历有关。

稻子和洼川鹤次郎之间有两个孩子。结婚十年，鹤次郎有了外遇，还上了报纸。稻子离开家，暂居汤浅芳子家，《妇人公论》的记者带着鹤次郎去找她，目的不是促成复合，而是约稿。在日本文坛，绯闻常常成为素材，读者们即便置身于风雨欲来的现实世界，也不减对文坛八卦的兴趣。1935年10月，《妇人公论》刊出了稻子的《恐怖的矛盾》，鹤次郎的《生活与爱情》，以各自的角度谈论此前的第三者事件。

在一场女作家们的座谈会上,中央公论社的岛中雄作劝稻子将几乎导致婚姻破裂的情事写成小说,由此诞生的是《红》。

距离《红》的刊出不久,1936年底或1937年初,五十二岁的俊子恋爱了,对象是比自己小十九岁的鹤次郎。俊子对朋友说,这是她这辈子最后的恋爱。

正如《红》回顾了鹤次郎的第一段婚外情,稻子时隔二十多年后写了《灰色的午后》,以小说的形式重述俊子走入她生活的那段过往。小说的开篇,三名好友在大年夜来到浅草的仲见世街,分别是女医生吉本和歌、作家美浓部数子和川边折江。这三人分别对应现实中的俊子、百合子和稻子。

> 吉本和歌今天穿和服,披着黑色天鹅绒披肩,她仰起看得出搽了粉的脸庞,朝着寺庙的正面,用一贯吐字清晰的腔调说:"来到浅草,还是要先拜观音呢。"

三个人拜过观音求过签,和歌给两名女伴买了据说有好兆头的稻穗簪,又提议给折江的丈夫惣吉买礼物。折江原本心事重重，也不由得被和歌的开朗感染。

值得注意的是，小说中的和歌三十八岁，只比川边夫妻年长了几岁。关于年龄的设定，应该和俊子的容貌给人的印象有关。

稻子的记忆历经多年后依旧清晰，在她的笔下，我们不仅可以看到俊子的一颦一笑，还能切身地感觉到日本社会从1937到1938年间的氛围。1937年7月，卢沟桥事变爆发。日本民众普遍陷入对战争的狂热，曾经的左翼文人们在夹缝中求生存。

> 但最近的折江……迄今为止的工作上的感受变得有些弱。不时地，谁的作品被禁了，定好的作者由于政府的警告换成了别人。对折江来说，在客厅将其作为话题的同时，她对这些事已经习惯了。所以在这当中，就连公认谁的工作呈现了抵抗，她甚至都不感动。也有一些有想法的新话剧作品在筑地小剧场上演，一定是穿过了形势的罅隙。折江看着戏，不像众人一样昂扬。

写作事业惨淡的同时，家中也笼罩着阴云。折江一直对和歌有某种类似直觉的疑心，奇怪的是，每次看到和歌，疑心又像雾一样散了。当着惣吉的面，和歌直白地说："我也喜欢折江。惣吉当然也是个不错的人，但说起来，我更喜欢折江。惣吉，你不介意吧？"有一回，惣吉生病，折江带和歌去看他的路上，和歌忽然拥住她，并再次表露"喜欢"。

对照俊子的早期作品和刚成名那几年的经历，她对女友的强烈喜爱，以及反过来她对同性友人的莫名吸引力，是一以贯之的。小说中，情绪化、近乎孩子气的和歌让折江一次次认为自己"想多了"，直到接近尾声，三人好友中的数子从别处听说，惣吉基本上每天泡在和歌的公寓，给杂志社的电话都是从那间公寓打出去的，两人的关系早就成了半公开的秘密。数子上门质问，惣吉矢口否认，并怂恿数子去找和歌问个清楚。和歌一开始同样不承认，终究无法坚持，对数子道明真相。到了这时候，惣吉仍然拒不承认。折江仿佛在丈夫身上看到他被当局审讯时的影子，莫名感到悲哀。另一方面，仿佛是为了斩断不正当的恋情，和歌报名当军医，去了中国。

小说的情节与现实基本是一一对应的关系，质问的人正是百合子。

她的生活

1937年10月，百合子的笔名从"中条百合子"改为"宫本百合子"。这并非简单的"妇随夫姓"，而是含有并肩战斗之意。百合子曾多次入狱，短暂的自由时期，她忙着探望狱中的丈夫、写作、参加各种会议，还管上了洼川夫妻和俊子之间的事，这与她一贯近乎洁癖的性格有关。

关于百合子，俊子在给好友丸冈秀子的信中写道："没有比充斥着那种奇怪正义感的女孩更愚劣的人了，我也这么想，真烦。而且我感到，真是被麻烦的人知道了秘密。"

生于1903年（明治三十六年）的丸冈秀子原名石井秀子，和俊子身边的女作家们有些不同，她是产业组合中央会（日本农业协会的前身）的职员。秀子出生不久，母亲就去世了，还是个婴儿的她被送到外公外婆家。外婆除了种地，还养蚕，每日从早到晚勤恳劳作。经营酒造的父亲家相当富裕，靠着父亲支付学费，秀子得以就读奈良女子高等师范学校（奈良女子大学的前身）。在校期间，她收到了外婆的死讯。临死的时候，外婆倚着柱子坐着，手握捣杵，正在捣味噌。到死仍在忙碌的农妇的形象，成了秀子一生事业的基石。

笔的重量

秀子在奈良念书的时候，富本宪吉一家居住在奈良安堵村。从《青鞜》时代就关注一枝的秀子找上了门——颇有点像当年的芳子、鹤找到俊子——二十岁不到的秀子充满年轻人的苦闷，一枝对她来说不仅是年长的知性的存在，也是憧憬的对象。

在与富本夫妻的交往过程中，秀子近距离地看到围绕一枝的诸多情事和富本宪吉的寂寥，她自己隐秘的感情也颇受了些折磨。经宪吉介绍，秀子和社会经济研究所的丸冈重尧结婚。婚后第二年，秀子生下一个女儿，转年，重尧去世。

二十六岁的秀子成了单亲妈妈。她没有向父亲或丈夫的父母求助，而是敲开了产业组合中央会的大门。时任主事的千石兴太郎认识秀子去世的丈夫，听说秀子想来产业组合工作，他反问，你不是可以当老师吗？秀子回答，我想研究农业问题。

千石兴太郎给出的工作是当他的秘书，薪水很低，仅四十元。从此，秀子开始了身兼三职的生活。她找了三个借宿的年轻人，除了住宿还带餐，下班回家要做五个大人（包括保姆）一个小孩的饭，晚上在家给附近的小学生开辅导班。女儿明子三岁的时候，朋友说有个熟人可以来帮忙，介绍了刚小学毕业的正子，一个十四岁的女孩。大孩子带小孩子，用现代的观点来看当然是不合适的，在当时，对秀子来说，正子年纪小，未必能做好，但值得一试。她遣走了年迈的保姆，让正子来到家里。有正子帮忙带孩子和操持家务，秀子有了更多的时间，她开始一点点主动参与产业组合中央会的工作。从北到南，她走遍日本各地的农村，和农民们尤其是农村的女性谈话，获取了大量的一手资料。

俊子曾以《千岁村的一天》写她与富本夫妻的聚会，就在那场聚会上，她认识了三十三岁的秀子。

两个从年龄、性格到境遇都有较大差异的人成了朋友，追溯起来，是因为俊子在第一次见面后主动联系了秀子。她对秀子负重前行的人生以及工作内容都表现出强烈的兴趣，刚认识不久便断言"我们很像"，又说："我认为你和我有某种共通之处，就是强韧。"秀子表示讶异，俊子继续说："你有忍耐的强韧。我呢，相反，可以说是有解放的强韧。"

1973年，七十岁的秀子在中央公论社出版了《田村俊子和我》，回顾了两人有交集的三年（1936—1938）。隔着漫长的时光，读者透过文字看见一个爱穿紫色、在金钱上不谨慎的俊子，连秀子这样经济上捉襟见肘的人也不止一次借钱给她。她是最好的倾听者，秀子从工作到生活，还有对社会的困惑，事无巨细都对她说，也总能得到中肯的建议；她同时又是比实际年龄幼稚得多的诉说者，动不动就写来"我很寂寞"的信，总在哀叹写不出好作品，向秀子坦白自己不恰当的恋爱，一次次说要做个了断。

《中央公论》刊载了"女流短篇小说特辑"，篇目分别是《老妓抄》（冈本加乃子）、《灶火不绝》（中本隆子）、《秋天的夹衣》（矢田津世子）、《肾形盘胎儿》（小山线子）、《炼狱之灵》（圆地文子）、《山道》（佐藤俊子）、《情书》（宇野千代）。

这是俊子在日本刊物上发表的倒数第三篇小说①，几乎没什么情节，讲述一对男女在山中的漫步。文中暗示男人是有妇之夫，"倒进杯中的男人的爱，是从男人自身的生活中秘密地分来的爱"。女人想要断绝这场关系，男人则表示不愿分手，他们沿途赏景，目睹一对拉着木材车的夫妻——

---

① 其后还有两篇：《侮辱》，以美国的第二代移民为题材；《雪女士》，描写了乘船回国的雪·摩根（嫁给美国富豪、丈夫亡故后在欧洲居住的前艺伎）。

> （妻子）身子往前倾，为了让丈夫拉的车哪怕能轻一些，用自己的全身力量推着车走的模样，她在抽烟休息的丈夫身旁自己也坐下休息的模样，才是真正的人的模样。

或许那是俊子心目中理想的夫妻形象，又或许，她回想起了和铃木悦在加拿大相互扶持的过往。就小说技巧而言，《山道》无疑是不成熟的，同期的《老妓抄》《炼狱之灵》明显是上佳之作。但值得一提的是，俊子曾以左翼的立场在报上锐评冈本加乃子的《金鱼缭乱》，说那篇小说充满个人趣味，但她的《山道》更加个人，欲言又止的氛围则显得苍白。

"女流短篇小说特辑"中，除了《老妓抄》《山道》《秋天的夹衣》，每一篇都有战争的影子，《灶火不绝》更是以煽情的笔法描写了村落的内部合作，为战争输送人与粮的后方的情景。

俊子有着作家的敏锐，对时局当然不至于茫然无知。她的朋友们当中，百合子的反抗有着明确目标和纲领；秀子作为最底层农民女性的代言人，认为战争会让女性更悲惨，因此反战。俊子在心态上贴近左翼，正是在她的鼓励下，秀子完成了《日本农村妇女问题》。在行动上，俊子表现显得谨慎。她的随笔充斥着当时常见的大后方论调，并拒绝了秀子代为邀约的一场演讲，理由是这时公开讲话不合适。

《女声》，她们的后来

1937年，俊子的母亲去世。当时她在外旅行，没能见母亲最后一面。1938年12月初，俊子从东京坐火车去福冈，又从福冈坐飞机，去了中国。这一次的逃离，原因可能是想终结婚外情，也可能是想走出写不出好小说的困局。离开前，她把和铃木悦的书信以及早期的日记交给鹤，烧掉了一包不知和谁的通信，又把鹤次郎的信交给秀子。

前往中国的两千元旅费据说是由中央公论社筹措的，俊子顶着"中央公论社特派员"的头衔，原定在北京待一两个月。濑户内寂听的《田村俊子》一书中，有位讲述者是俊子在北京时代的友伴"阿总"，她自称是《女人艺术》最年轻的成员，曾和杂志的其他人一道给回国的俊子接风，两人很快成了朋友。刚在北京重逢，阿总就被俊子召去支付宾馆的账单。当时她在师范大学当老师，月薪二百元，此外还有外务省津贴八十元。俊子住的是东交民巷的六国饭店，一周的房费就要二百。

阿总口中的俊子，正是许多人都熟悉的有魅力又爱支使人的那一面。她的观察不如丸冈秀子深入，仅止于表面。她提及一项传言，俊子背后有军部高层的人。

传言大致没错。在当时，日本作家到中国，绝不可能是个人的行为。早于俊子一年，日本派遣过所谓的"笔部队"，女作家林芙美子和吉屋信子均在其列。

到中国不久，俊子发给《中央公论》一篇《我在中支见到的部分——警备、治安、文化》①，可能没通过陆军报道部审查，最终未发表。从文中可知，她拿了陆军的"从军许可证"，由各地军队要员接待，参观了南京、扬州、苏州、杭州等地。这时她从观察视角到思维方式俨然与军部同调，虽保持了一贯的对女性处境的关切，但行文明显站在"东亚亲善"的角度。

俊子在后来几年频繁出行，其中一次，她乘坐京包线

---

① 原标题如此，作为材料引用，故保留"中支"这一含歧视性的名词。

去了包头、大同等地，显然沿途有人安排。她采访的对象跨度很大，涉及戏剧界、知识界、煤矿、汪伪国民政府的相关人士。她不再写小说，除了向日本媒体发回当地报道，也以"佐藤俊子"之名在日伪一系的中文媒体上发表关于妇女问题的文章。她到中国后开始学中文，但尚未到能用中文写作的程度，稿件以日文写就，由他人翻译。

日本的创作者当中，有不少人像俊子这样陷入"全民叙事"的，即便起初有过反战的萌芽，后来立场遽然一变，开始鼓吹战争。像谷崎润一郎那样沉潜不动，将《源氏物语》译作白话文，写小说《细雪》，是极少数的例子。曾经被俊子搅乱心境的稻子，被捕后和丈夫一样"伪装转向"，不知不觉间，心境也发生了变化。

俊子离开后的1939年，稻子在箱根的旅馆住了三个月，完成一部答应给新潮社的长篇《赤脚姑娘》。这部以她自身少女时代经历为蓝本的小说卖了七万本，是当年的畅销书。一下子成了畅销书作家的稻子于1940年被邀请去朝鲜，1941年又两次去"伪满洲"。曾经是左翼作家并一度被封禁的稻子，终究被推到时代的风口浪尖上，当她写下在中国的所见所闻，其情感甚至是发自内心的。

刚到中国的前几年，俊子总表示"完成大作就回国"。

她的居所从六国饭店换成其他宾馆,后来寄宿在朋友家。1942年初,俊子从北京到南京,认识了草野心平。

如今人们提到草野心平,通常只谈论他的诗歌,仿佛选择性遗忘了他在战争期间的作为。诗人的笔,也可用于战争宣传。俊子见到他的时候,他三十九岁,在汪伪国民政府担任宣传部专门委员。由草野心平从中介绍,俊子和摄影师名取洋之助搭上了线。

名取洋之助有过旅德经历,在日本侵略中国的进程中,他最早意识到图像的宣传作用。他曾在1933年与木村伊兵卫、原弘等人共同创立日本工房,因摄影理念不合,加上他在管理上独断专行,其他人在第二年全部离开,他独自重建了日本工房。取得国际文化振兴会、外务省和文部省的认可后,他又拿到了钟渊纺织株式会社的赞助,开始办以照片为主的图文刊物《日本》。创刊号用了英、德、法、西班牙语,即便以今天的水准看,其设计和排版也相当卓越,但艺术上的价值无法掩盖杂志的本质——向西方世界宣传日本,并且在其后的若干年间反复宣扬由日本挑起的战争的合理性。

1939年,日本工房改名为国际报道工艺株式会社。名取洋之助常去上海出差,同事们对他在那边忙什么一无所知。1940年,名取洋之助和他的德国妻子在上海定居。1941年12月7日,珍珠港遭到日军袭击,太平洋战争爆发。次日凌晨,上海的日军闯进公共租界。上海"孤岛时期"就此结束。一家位于北外滩的英资印刷厂被陆军接管,从此挂牌为"太平印刷出版公司",名取洋之助成了经营者。

有了印厂,又有了军队保证的纸张配额,名取洋之助想要办中文杂志。他请草野心平出任太平印刷出版公司的顾问,俊子在这个时候出现,可谓来得正好。名取洋之助没有读过俊子的小说,只记得母亲的书架上有《木乃伊的口红》。拥有资金和势力宣传口的名取洋之助与想要找个落脚点的文人一拍即合,由此诞生了一本面向中国女性读者的杂志,《女声》①。

由俊子主编的《女声》,杂志创刊号于1942年5月发行,此时距离她和名取洋之助的初次会面不过两三个月。从这时起,俊子对外用的名字是"左俊芝"。杂志实际的编写工作由关露等人完成,俊子负责定选题、定版面、内

---

① 1942年的《女声》,刊名和封面字体都照搬了上海曾有过的女性杂志《女声》,其主编是王伊蔚,存续时间为1932年10月到1935年下半年。

容把关，以及拉广告、找客户和对外协调。

时至如今，提起关露，人们难免会为她坎坷的一生唏嘘。她是一位才女，也是地下党员。电影《十字街头》那首人人传唱的《春天里来百花香》就出自她笔下。她加入《女声》，是对日方势力发行杂志的"反渗透"，她本人当然无法预料，这段经历将在日后给她带来巨大的麻烦。

《女声》是一份十六开的月刊，每期页数在四十页左右，销量有四五千册，在沦陷时期的上海，算得上畅销杂志。《女声》创刊的初衷是对华宣传，但因为关露地下党员的身份，再加上俊子似乎并不打算让杂志有太多官方色彩，最后呈现的结果有些微妙。譬如，杂志上既有鼓吹"大东亚战争"的"国际新闻"栏目，也有对各行业人士尤其是女性的采访，还译介了一些日本童话作品，如宫泽贤治的《定件繁多的馆子》。杂志接受来稿，地下党员丁景唐、当时正在念大学的董乐山，都曾发表过稿件。有关这本杂志在复杂历史背景下的种种细节，涂晓华的《上海沦陷时期〈女声〉杂志研究》有详尽的挖掘和阐释。

涂晓华的书中提及，1943年2月之后，也就是出了九期杂志后，《女声》杂志社搬家，从太平印刷出版公司独立出来，其后的部分资金可能由俊子筹措。

纵观名取洋之助的历程,不难看出,其性格过于强势,导致他屡次与合作方分道扬镳。俊子向来是个吃软不吃硬的人,且比名取洋之助年长许多,肯定不甘心让对方占据主导权。

俊子刚到上海的时候住在披亚斯公寓(现在的浦西公寓),后来搬到北京公寓(现在的北京东路157号),关露住在她的隔壁。杂志主编俊子的生活状态恐怕并不光鲜,根据小说家、翻译家阿部知二后来的回忆文章《花影》,有志于成为画家的年轻女孩M[①],父亲是日本驻上海某公司的高级职员,和母亲一道去拜访俊子,发现俊子的家可以用简陋来形容。母亲回家后含泪对M说,你如果以画画度过一生,就会像那样吧。阿部知二还提道:"(俊子)不擅对强权阿谀奉承,而且对自己不喜欢的人的援助,她高洁地不接受,于是在上海的她逐渐陷入窘迫。晚年的她不断鞭策衰弱的身体,和物价上涨作斗争,为了筹钱,在上海的喧嚣中四处奔波。"

俊子的交游广阔,《女声》的采访对象几乎全由她联

---

① 这里指的可能是插画家村尾绚子,曾活跃于20世纪40年代的上海,后来的经历不详。

系，包括寓居上海的梅兰芳。周作人在《女子与读书》中也提及她曾来约稿。当时和她走得近的以文化人居多，例如芭蕾舞演员小牧正英、内山书店的店主内山完造、作家阿部知二、从事医疗行业的陶晶孙、插画师村尾绚子、翻译过张爱玲作品的室伏古乐，此外还有混在上海的日本的文学青年们：武田泰淳、堀田善卫和石上玄一郎，他们在战后均成了作家。

武田泰淳在上海期间和俊子的交往不算深，对俊子也谈不上有太多好感。他在小说《上海之萤》中这样写俊子——

> 曾发表《木乃伊的口红》、俘获了男性读者的田村俊子也常出现在事务所。她有着西方女子那样的大骨架，脊背挺直，高跟鞋的鞋音响亮。她来了就请我们吃汤圆。她是海军出资的《女声》的主编。总是带着中国女作家关露一起。

泰淳当时在中日文化协会附属东方文化编译馆工作，上班地点在马勒别墅。他写了第一本书《司马迁》，是对《史记》的解读，尚未开始写小说。在俊子眼中，他大约是个有些沉闷的文学青年。年长的女作家不时问他,你要不要从事写作。年轻人们私下的共识是俊子有"陈旧的社会主义主张",泰淳以他一贯的洞察写道:"我不知道她的社会主义是不是现学现卖。我相信,那是真的,是她心中依然留存的某种憧憬。"

《女声》的资金来源究竟如何,俊子的内心到底有没有清晰的对战争的反思,因为时间的久远与资料的有限,让一切显得朦胧。

泰淳的文中有一节讲的是洼川鹤次郎的来访。对俊子来说,这是始料未及的重逢。早在《女声》刚创刊不久,她曾在上海见过稻子。1942年五六月间,稻子担任《日出》①杂志的特派员,和女作家真杉静枝以及一名摄影记者赴中国做了两个月的"战地慰问"。在南京、宜昌、汉口等地受到军队隆重接待的稻子,甚至还搭乘战斗机观看了一场空袭,轰炸目标是美军预定着陆的机场。一行人抵达上海,在当地报社的提议下,她和俊子一同出席了一场饭局。俊子像是忘了曾经的种种,第二天带稻子一行人参观《女声》,第三天又带她们游览上海。稻子回东京后,

---

① 《日出》,新潮社的大众杂志,1932年创刊,1945年停刊。

两人恢复了信件往来。

1944年10月，俊子在给稻子的信中提及，华铁①每月买杂志，算是支援出版，平时她都让打杂的人去华铁，难得自己有事去了，在那里见到了鹤次郎。信中不见任何感慨，笔锋一转，开始谈物价，"上海物价之高，几乎无法以常理计……《女声》一个月都未曾停过，其他杂志因为纸张或其他，停刊是常事"。而这也与俊子的努力分不开。

一年后，俊子在给稻子的信出现了少见的示弱："这一个月间，形势急剧变化……一边想着会被困难压倒，一边姑且熬着。老年的我已没有说'什么嘛'的反抗心，仅仅忍耐——能忍到多久呢——就只是这样。"

俊子本人主动提及"老"，可谓罕见。上海时代见过俊子的人，有的觉得她完全看不出年过六十，也有的认为她开始显老。她讨厌别人提及年龄，穿旗袍的身影总是显得风风火火。一如既往，旗袍经常是紫色。

1945年4月13日，俊子在陶晶孙家吃过晚饭，坐黄包车回自己家的路上，心脏病发作，被送往医院。她昏迷不

---

① 全称为华北交通株式会社。设立于中日战争期间，和"满铁"性质相同。

醒，于16日早上去世，再过几天便是她的六十一岁生日。

办杂志的三年间，俊子没有在日本发表文章。她为《女声》撰写了部分卷首语，花了大量的心力回复读者来信，据说先以英文写作，再由关露等人翻译。杂志从第一卷第四期开始设立信件往来栏目"信箱"，颇受读者欢迎。她到中国后写过小说吗？熟人当中，有人说读过她在北京期间写的《西太后》，笔力不减当年。俊子过世后，草野心平在她的房间里发现半部没写完的中篇，在回国时将她的遗稿与自己的书稿托给朋友，结果这些书稿均下落不明。《女声》在关露的主持下又发行了两期，共三十八期。1945年8月15日，日本宣布战败，做好的新一期未交付印刷，就此停刊。

俊子的故事画上了句点。她就像一枚水晶，折射出不同时代的光，有时炫目，有时染上了周遭的暗色。她的小说家生涯其实很短暂，创作高峰不过五六年。在北美的十八年和在中国的六年多，她先是履行伴侣的角色，支持丈夫的工会和媒体工作，后来她自己成了媒体人，在当时当地留下若干痕迹，在文化上也必定有更加幽微的影响。她是一位有魅力的女性，具有极大的社交能量，一些人的人生因为她而发生意想不到的转折，她像流星一样划过别人的视野，留下长久的记忆。

俊子过世后，旧交们成立了"俊子会"，1951年在镰仓东庆寺为她建了墓。发起人有冈田八千代、汤浅芳子、山原鹤、佐多稻子、草野心平和川锅东策。

墓碑正面刻着"田村俊子之墓"，背面的文字由冈田八千代手书，碑文是汤浅芳子拟定的：

> 田村俊子在大正初期写下独创性的作品，在日本文学史上留下一个脚印。之后长期在美国，晚年住在上海，在该地过世。本姓佐藤（1884—1945）

> 一九五一年四月十六日，她的六周年忌
> 田村俊子会

俊子会负责打理俊子身后的版税，到了1961年，决定用这笔钱成立田村俊子奖，表彰过去一年有卓越表现的女作者的文学作品。第一届的评委是武田泰淳、草野心平、阿部知二、立野信之、汤浅芳子、佐多稻子。评委们在他们各自的年轻时代结识俊子，如今都已是老成的文学前辈，对评奖事务也都是行家里手。

第一届获奖作品是濑户内寂听的《田村俊子》。俊子的十六周年忌那天，在东庆寺举行了颁奖仪式。同时举行的还有俊子文学碑的奠基仪式。田村俊子文学奖办了十七届，1977年最后一届有两部获奖作品，其中之一是武田百合子的《富士日记》。

东庆寺的"田村俊子文学纪念碑"正面的文字是汤浅芳子选的，来自俊子的《女作者》手稿，"这名女作者向来涂了脂粉。这个女人写的东西大多从脂粉中诞生。——田村"

2012至2017年，九卷本《田村俊子全集》①由Yunima书房出版。

最后，不妨用芳子写俊子的文字来回望那个文学奖背后的女作者。

是一个热情的人，多情，甚至有些滥情，同时她

---

① 此部作品集由黑泽亚里子、长谷川启共同监修。收录了俊子在各个时期的报刊发表的作品，采用旧刊影印的形式，鲜明地还原了时代特征。每卷卷末由两位编者撰写的"解题"是长年研究的结晶。关于俊子上海时期的最后一卷（别卷）仍在编辑中。

也不是不爱清纯，有着乖巧和谨慎的一面（例如对夏目漱石）。看起来毅然决然，其实胆怯；貌似开朗，其实内向，这些相反的面集于一身，而且不断在各个面之间切换。然而这个人的强大魅力在于，她从根子上是个善良的人，没有一点恶意。直到现在，若有两三名她生前的知己聚集在一起，必然会谈起这人的诸多恶劣行径，但没人恨她。人们都笑着聊起她带来的麻烦。

笔的重量

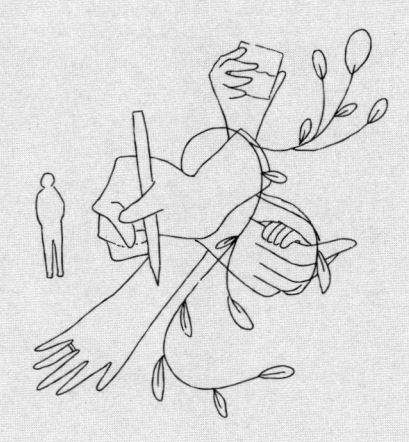

笔,无论是用于写作还是作画,既轻又重,因为当执笔者是女性,那上面往往还承载着生活的重量。

诞生于1911年的女性文学杂志《青鞜》，杂志名是英语Bluestocking的日文翻译，这个词起源自十八世纪的女性文化团体蓝袜社，后来在英语里有了衍生含义：才女。

后人提起《青鞜》创刊号，总是绕不开雷鸟①宛如石破天惊一声响的创刊辞，题为《元始女性是太阳》。

元始，女性真的是太阳。是真正的人。

如今，女性是月亮，依靠他人活着，依靠别的光发光，是有着病人般苍白面孔的月亮。

在这里，《青鞜》发出了第一声。

靠现代日本女性的头脑和双手第一次诞生的《青

---

① 平塚雷鸟，原名平塚明。

鞜》发出了第一声。

女性做的事，现在光是招来嘲笑。

我很清楚嘲笑底下隐藏的东西。

而我一点也不怕。

可是，女性自己为自己添加的羞耻和侮辱，那份凄惨该怎么办？

所谓女性，是这样让人呕吐的存在吗？

不，真正的人是——

我们作为今天的女性，做了能做的事。我们用尽全部的心力产下的孩子，就是这本《青鞜》。好，就算它是低能儿、畸形儿，或是早产儿，都没办法，我们只能暂时满足于此。

我们真的用尽全部心力了吗？啊，谁，谁会满足呢？

我在这里，要为女性自身添加更多的不满。

……

多年后，雷鸟的回忆录也用了同一个标题。此外常被引用的，是与谢野晶子的卷首诗歌《漫谈》。

  山动的日子来了。

  我这样说，但人们不信。

  山只是在小睡。

  从前

  山全都燃着火移动。

  不过，不信也没事。

  人啊，你只要相信这个。

  所有沉睡的女人今天觉醒并动了起来。

  只用第一人称写作。

  我是女人。

  只用第一人称写作。

  我们。我们……

  在日本，有不少关于《青鞜》的周边研究，其中，两名女性的形象不时闪现，又悄然被更大的叙事主线湮没。

笔的重量

一个是尾竹红吉①,她的丈夫富本宪吉是著名陶艺家,获得日本政府授予的"人间国宝"称号。另一个是长沼智惠子,婚后改名为高村智惠子。她的丈夫高村光太郎是诗人、雕塑家。由于高村光太郎的《智惠子抄》,智惠子的形象不仅在日本,乃至在海外也深入人心,他的诗与随笔将两人的关系塑造成了某种神话,智惠子最终疯狂并死去,更给这段故事加了一层哀婉的滤镜。我读到的第一本关于智惠子的长篇论述,是黑泽亚里子的《女人的首级:逆光的〈智惠子抄〉》,之后又读了津村节子的《智惠子飞翔》,或许是先入为主,总觉得高村光太郎留下的叙述是单方面的,他也提到婚姻对智惠子的磨损,但那是在智惠子去世后,属于"后见之明"。

红吉和智惠子有几项共同点。她们曾是画画的人,也都为《青鞜》画过封面。在谈到《青鞜》是一本怎样的杂志之前,有必要先从两位女子的成长历程说起。

长沼智惠子生于1886年(明治十九年),是福岛一家酒造业主的长女。尾竹红吉比她小七岁,于1893年(明治

---

① 尾竹红吉(1893—1966),原名尾竹一枝,婚后从夫姓,更名为富本一枝,尾竹红吉是她在《青鞜》杂志上的笔名,凡涉及她在该杂志活跃时期,本文用笔名称呼。

二十六年）生于富山。她俩在各自的家庭都是长女，也就背负了家人的诸多期冀。红吉的爸爸与叔叔们是著名的日本画家"尾竹三兄弟"，因此红吉从小就学着临摹旧书上的画，可以说打下了绘画方面的"童子功"。从六岁起，红吉被送到东京的祖父母家（祖父也是画家），在那里念小学，几年后才跟着父母迁居大阪。

1903年，十七岁的智惠子离开故乡，就读东京的日本女子大学校。为了说服父母让自己离家，智惠子费了不少功夫，高中时代教过她、在日本女子大学校念书的老师也帮忙写了许多封劝说信。为了宽慰父母，终于去了东京的智惠子在预科结束后念的是家政系。

和智惠子同岁的雷鸟也在这一年进入日本女子大学校，她的父亲是会计检察院的官员，父母都对教育十分热心。雷鸟是三姐妹中的老幺，小时候身体不好，所以格外受宠。与智惠子不同，雷鸟之前就读的学校可以不用再念一年预科，于是她直接就读家政系，成了智惠子的学姐。

在校期间的智惠子很少与人交际，显得特立独行。她不像其他女生一样熨烫制服的裙裤，而是直接把褶子缝起来，还用颜料画了腰带。她在学校接触到西方画，立即沉浸其中，毕业后不愿回老家，在中村不折的太平洋画会研

笔的重量

究所学画。

1908年（明治四十一年），智惠子毕业后的第二年，报纸上登载了雷鸟和夏目漱石的弟子、有妇之夫森田草平的殉情未遂事件。有关该事件，森田草平写过小说《煤烟》，因此它常被称作"煤烟事件"，日后雷鸟也将此事写进回忆录。被虚构和非虚构文体包裹的事件本身只能说是"青春的躁动"，一心追求精神高蹈的年轻女性拉着一个人陪自己赴死。总之两人没死成，倒是成了丑闻的主角，彼此之间并无感情方面的后续。

当时和平塚家的母亲一起去接回雷鸟的，是比雷鸟大四岁的生田长江。他是英语教师，曾和森田草平等人一起办"闺秀文学会"。雷鸟与森田草平的相识，说起来是因为去那里听讲。生田长江可能感到自己对此事负有责任，后来十分关心她。正是在他的建议下，1911年，雷鸟和同伴们决定办一本由女性主创的杂志。《青鞜》这一名字也是生田长江的创意。

《青鞜》的创刊资金来自雷鸟的母亲，动用了女儿的嫁妆。另一名从创刊就参与各项事务的保持研（笔名白雨）也就读于日本女子大学校，因肺结核中途退学，在茅之崎的一家医院疗养三年后回到东京复学，借住在雷鸟家。6月的发起集会上,五个人有四个出自日本女子大学校。她们定下分头约稿,雷鸟决定找素有画名的智惠子来画封面。

智惠子此时二十五岁,她毕业后不再穿裙裤,形貌仍有些特异。雷鸟在日后回忆道:"当时的智惠子敞着和服的后领,拖着长长的裙摆,头发随意一扎,刘海悬在额上,走路的时候累累赘赘的,有些不自然地引人注意。"

智惠子为《青鞜》创刊号画的女子侧影一直被认为是希腊风格的演绎,直到近年的研究才发现,她其实模仿了奥地利画家约瑟夫·恩格尔哈特在1904年为圣路易斯世博会设计的亚瑟王传说拼木画的局部。在那个时代,其他同人杂志如《白桦》的封面也常模仿国外画家的作品。

1911年9月发行的《青鞜》创刊号定价二十五钱(另收邮费一钱五厘),读者可以选择预订四个月或更久。杂志的最后印有十二条青鞜社概则,第一条就是:"本社谋求女流文学的发达,目的是发挥各自天赋的特性,他日产生女流的天才。"

秋天,日本画家尾竹竹坡在位于东京的家中收到一张来自《青鞜》的征订明信片。竹坡是红吉的叔叔。去年春天,红吉离开大阪来到东京,就读女子美术学校,很快因为与舍监发生冲突而退学，寓居叔叔家。她有画画的才能，但内心与日本画的表现并不契合，念书的时候曾写信给家里，说想要转到西洋画学科。

对红吉来说，《青鞜》就像是通往外部世界的窗口。看到明信片，她求婶婶订《青鞜》，然而婶婶像是忘了此事。她以为没有接到通知的人无法订阅，正在一筹莫展的时候，友人小林哥津告诉她，自己加入了《青鞜》会员，并邀她加入。红吉这才搞懂了会员订阅是怎么一回事，赶忙冲到书店，不巧的是杂志卖完了，便和店家约定从下一期开始订。她给杂志社写去絮絮叨叨的长信，讲了这番经过。"我下个月终于能读到《青鞜》，成为一名女伙伴。这样我就算是加入了青鞜社吧？每个月订，就等于是入社吧？"写这封信的时候，她刚回到大阪的父母家，随信还附上了回邮费。对雷鸟来说，这是一封怪人的来信。此后每期杂志出刊，红吉都写信谈论感想。

就这样，在书信往来间，当《青鞜》办到第二年，十九岁的红吉成为撰稿人之一。她去采访了将《玩偶之家》搬上舞台的剧作家岛村抱月和女演员松井须磨子，也写了一些诗歌和随笔。身材高挑、穿男装的红吉有着画家落拓不羁的姿态，她几乎是在与雷鸟见面的那一刻起就表现出超越友情的热情。雷鸟也给出感情上的回应，称她为"我的少年"。

将会走入智惠子和红吉的生活的男性们此时又在做什么呢？雕塑家高村光云的长子高村光太郎经历了美国、英国和法国的游历，于1909年也就是他二十六岁那年回国。他参与了《白桦》的创刊，翻译了罗丹的语录。《白桦》不仅仅是文学杂志，还将西方的艺术潮流引介到日本，一大批有志于文学艺术的青年正是从该杂志及其办的一系列展览知道了凡·高和莫奈等人的作品。当时的一些展品不过是印刷品装框，即便如此，也给年轻人们带来了新鲜的冲击。

光太郎虽然有艺术方面的视野和创造力，但他的生活堪称困顿。他不肯走父亲铺好的道路，在神田开了日本最初的画廊"琅玕洞"，陆续为画家们办展，由于经营不善，仅一年便陷入赤字。

1911年1月，智惠子读到刊于《昴》的高村光太郎的诗《根付之国》，深受感动。她听说光太郎将画廊转手后去北海道从事农业，再次失败，又回到东京。她一直想见一下这位创作者，便托朋友介绍，在年底拜访光太郎的画室，介绍人也带了由智惠子绘制封面的《青鞜》给光太郎。

通过《青鞜》，不善交际的智惠子有了一些与外部世界的交集。杂志的作者群中，田村俊子是早已成名的女作家，她的小说主题常是男女爱憎，有时笔触大胆地跳到同性情感。俊子和智惠子很快成为出双入对的好友，俊子的若干短篇小说都与智惠子有关。智惠子留下的文字太少，关于她的心境，后人缺少推测的依据。透过俊子的笔，我们得以看到智惠子的轨迹，她拒绝了父母安排的婚约，几乎是义无反顾地走入光太郎的生活。

富本宪吉生于奈良安堵村的地主家庭，在东京美术学校念建筑和室内装饰，自费留学英国。1910年（明治四十三年），二十四岁的宪吉回到日本。与伯纳德·李奇结识后，受其影响，他开始对陶艺产生兴趣。

1912年，也就是明治与大正交接之年，光太郎、宪吉、智惠子，各自处于艺术创作的摸索阶段。红吉年纪轻轻，已跨入画家的行列，她以屏风画《陶器》参加第十二次巽画会，获得三等奖。巽画会的评委有镝木清方等人，是日本画界相当正式的选评会。《朝日新闻》等报纸用"天才少女画家"称呼红吉，可见她当时的名声之盛。

雷鸟当然不会浪费身边的创作者，提出让红吉为《青鞴》画封面，红吉拿不定主意，去拜访富本宪吉，商量该怎么画。这次见面，从宪吉的角度，是一见钟情；红吉的心思则全在雷鸟身上，显得"不解风情"。最终由红吉绘制的封面《太阳与壶》，明显有宪吉的审美影响。

如果红吉生活在不同的时代，或是不同的国家，或许不会成为世间瞩目的焦点。她后来被媒体大肆攻击，主要因为两件事，"五色酒事件""吉原登楼"。1912年（明治四十五年）6月底，俊子的纸人偶和智惠子的手绘团扇在此时已易主的琅玕洞办联展，红吉和同伴们去看展，归程路过餐厅兼酒吧"鸿之巢"，问店主是否愿意在《青鞴》登广告。店主痛快地答应了，请她们喝鸡尾酒。红吉按一贯的习惯，在她们的杂志上洋洋洒洒地写了对五色酒的感想。这件事如果放在现代，简直不值一提，在当时则立即成了媒体抨击的对象。至于吉原事件，起因是叔叔竹坡出于让画家坯子红吉多历练的心情，花钱请她和伙伴们去吉原吃喝，有艺伎作陪。五色酒与吉原事件成为导火索，大小报刊开始写雷鸟和红吉的绯闻。《青鞴》众人毫无保留谈论个人情感的编辑后记，自然成了话柄。

关于吉原一行，《青鞴》内部对此也产生了意见分歧，保持研在编辑后记中写道："听说你们三个去了吉原。你们可真是毅然做了残酷的游戏啊。"在吉原，女性是消费品，对红吉此举带有的剥削性，保持研做出了正直的回应。

对红吉来说，1912年从夏天到秋天，可谓困境重重。创作上的焦灼，身体上的不适，加上雷鸟邂逅了另一名艺术青年奥村博史，可以说诸事不顺。她被诊断出肺结核，经保持研介绍，到茅之崎的医院疗养。不仅如此，保持研还尽心尽力地照顾她，让她改善饮食习惯，开始喝牛奶、吃鱼吃肉，以增强体质。红吉孩子气地称对方为"阿姨"。

终于结束疗养回到东京的红吉，很快敏锐地捕捉到雷鸟的变化。《青鞜》1912年10月的编辑后记长达八页，是红吉一个人的独角戏。

她先以第一人称写了自己疗养期间的内心独白："我想画画、要画、画吧，面临这个月的文展制作，有着这样焦灼的心情。文展什么的根本无所谓，那和我想画画的心情完全无关，我无法创作，创作上持续不断的不舍与执着，指的是那种我想画画、要画、画吧的心情忽然被生病破坏掉。并不是因为不能参加文展。三四天前，我意外地见到了长沼（智惠子）。当时长沼不断地说，她最近只想画画，下次一定能画好，我当时无比地羡慕她。"

与创作上的焦灼并存的，是某种自我确认："我有一种谁也不知道的、独自一人珍惜的有趣心情。仔细一想，那心情从我儿时起持续至今。我期待着它在今后会发展成什么样。要是让别人知道，大概只会觉得我是危险的，是个有点疯狂的家伙，是一种病态。"

接下来转为第三人称记述《青鞜》众人的聚会，她称自己为"红吉"。聚会上，"喝啤酒喝得最多的仍然是雷鸟。是想要把因病不能喝的红吉的份也喝了吧"。上野千惠子在席间劝雷鸟结婚，"说这些话的时候，光是哧哧笑、抚摸自己的脸的，是红吉"。

她还记述了第一次去田村俊子家的情景。初次见面便要求俊子做一个人偶送自己，是任性的红吉才会有的举动。俊子写诗寄去，调侃红吉与雷鸟的关系，全诗被录入编辑后记。其中有这样的句子："红吉，你的脸色真差。/就像枯萎的荷叶。/你为R割腕的时候，/即便那样也等待吗？/流了鲜红的血吗，红吉。"

以一种隐晦的形式，雷鸟的新恋人奥村博史出现在编辑后记的尾声部分。"雷鸟的房间，最近总是在同一个位置好端端地挂着一幅油画。在红吉看来，画有些不得要领，但是关于这幅画，据说藏着一些很有意思的故事。但那或许是红吉变得无比尖锐的神经让她这样想。据说画是某个年轻的、自称'小燕子'的人送的。红吉带着不安的眼神回了句,干脆做成三色版,给《青鞜》做卷首画吧。可雷鸟说,她压根儿不知道'小燕子'如今飞在哪里的天空。"

奥村博史与雷鸟后来成了夫妻。做妻子的在文艺史上太有名,奥村那句自我调侃的"小燕子"成为日语的惯用语,沿用至今,指和年长女性交往的年轻男人。

杂志作为一种载体,记录了创作者在某个时间段的心境。十九岁的红吉以编辑后记的形式在那期《青鞜》留下绘画和恋情的双重挫折的印记,我们于尘埃落定之后的现在回望,不难辨认出,其中潜藏着她后来的选择。

1912年10月末,《东京日日新闻》用六天连载《想要成为新女性》。这篇访谈再一次提及之前的吉原事件。记者采访了红吉、雷鸟和《青鞜》的其他人,红吉十分坦率,雷鸟则摆出不愿多谈的架势。非常突然地,最后一期连载刊登了红吉退出《青鞜》的声明,"她说平塚女史大为愤怒,她今后再也不会谈及平塚"。前几期连载及其带来的反响,给红吉与雷鸟濒临断裂的关系造成最后一击。

《青鞜》最终于1916年(大正五年)停刊,共发行五十二期。后期封面主要用了奥村博史的画,仅在前两年留下了智惠子和红吉的笔触。智惠子的两幅封面在多期出现,一幅女子侧影,一幅铃兰。红吉的封面也是两幅:《太阳与壶》《亚当与夏娃》后一幅是在她退社后画的。相比之下,红吉的作品显然更有艺术性,更成熟。耐人寻味的是,两位女作者对绘画的态度截然不同。智惠子长期苦于创作,一直想成为画家。红吉在1913年再度入围巽画会,屏风画《枇杷》售价高达三百元。她用这笔钱办了戏剧杂志《番红花》,该杂志只持续了六期。宪吉在美术方面给了《番红花》许多支持,1914年10月,他与红吉步入婚姻。这一年,宪吉二十八岁,红吉二十一岁。同一年,二十八岁的智惠子和三十一岁的光太郎结婚,但没有入籍。

艺术家伴侣之间究竟是相克还是相生?对此,每个人在婚姻中有着极为个人的体验。作为在20世纪初接受过高等教育、本身也是创作者的女性,红吉和智惠子本该有属于她们自己的道路,诡异的是,热烈的红吉和内敛的智惠子,在婚姻生活中都扮演了从属的角色。婚后的红吉,用回了本名"一枝",但她仍然是强悍的,在日本侵略中国的那些年间,她曾因为捐款给共产党被捕,之后她保持着思想的独立，没有像雷鸟等人那样陷入军国主义的狂热。她抚养了三个孩子，向他们倾注了大量的爱。此外，在她的身边，总是围绕着被她独特的光彩吸引的女性。战后，她以一种毅然的姿态和宪吉分居。宪吉以陶艺家的身份成了"人间国宝"，但熟悉他和一枝的人都说，他的成功离不开一枝，曾经有多少次，他在开窑后让一枝看作品，只要她表示不满意，他就毫不留情地把烧成的陶器毁掉。

智惠子则在漫长的内耗中走向了疯狂。父亲的死、娘家的破产、兄弟们的潦倒，和光太郎的生活的贫穷，一件件一桩桩对她的身体和神经造成了磨损。她在四十六岁那年自杀未遂，其后开始出现精神分裂征兆。在疗养院的最后阶段，她留下了一千多件纸绘作品。1938年，她死于粟粒性结核，终年五十二岁。今天我们谈起智惠子，除了光太郎的诗，也绕不开那些有着奇异宁静氛围的纸绘。那是她内心压抑多年的创作欲最终找到的出口。

一枝的晚年并不富裕。她办童书出版，在商业上不成功，此外还参与女性运动，为《美的生活手帖》（后来的《生活手帖》）写童话。1966年，她死于肝癌，终年七十三岁。临终前在报纸的专栏文章署名"红"，仿佛是名叫红吉的"少年"隔着遥远时光轻轻挥手。她去世六年后，

笔的重量

生活手帖社出版了她的童话集,《妈妈读给孩子听的故事》。不论过去多少年,人们说起她,仍绕不开"青鞜的女人"这一标签。她鲜烈的一生留下的烙印,仿佛更多地浓缩在十九岁的青葱岁月。

关于《青鞜》众人的故事,值得有心人继续梳理。一个个她留下的痕迹纵然浅淡,但只要有文字或画作可循,并不会随着时间消亡。曾经,画画是奢侈的,你需要大块的完整白天,还需要可以摊开纸笔颜料的一处地方。现在,我们生活在一个"人人皆可表达"的年代,依靠电子产品的辅助,甚至可以摆脱画画必需的桎梏:光线和空间。我庆幸自己是个现代人,哪怕笔法幼稚,也可以用线条和色彩做文字之外的情绪表达,同时我忍不住为那些曾经出色却终于湮没在时间中的女性感到惆怅,她们本该留下更多的痕迹。

说到底,笔,无论是用于写作还是作画,既轻又重,因为当执笔者是女性,那上面往往还承载着生活的重量。

口述笔记员的声音

她也有她的声音，一贯清晰、准确，描摹她眼中的世间。

战后的东京，纸张依旧短缺，出版业已开始复兴。神田的小巷里，门脸狭窄的咖啡馆和旧书店彼此紧挨着。兰波咖啡馆是其中的一家。推开兰波的磨砂玻璃门，有道通往楼上的陡急楼梯。二楼的房间，地板略向北倾斜，是出版诗歌与美术书籍的昭森社的办公室。

昭森社的社长森谷均被称作"神保町的巴尔扎克"，他开在楼下的兰波咖啡馆自然而然地成了年轻文人扎堆的地方。正值同人杂志重新开始兴盛的时代，兰波咖啡馆的顾客也有不少人投身其中。同人杂志一般没有稿费或只有少量稿费，对作者来说，好处是创作的自由度，坏处是贫穷，唯有当稿子脱离同人杂志的范畴，刊登于正式的报刊等出版物，才能"以文谋生"。仅就结果来看，20世纪40年代后半叶的同人杂志的作者们，将在未来的几十年间占据日本文坛的主要位置。

埴谷雄高、小田切秀雄等人创立了《近代文学》，后来野间宏、加藤周一、中村真一郎和武田泰淳等也加入执笔阵容。《近代文学》同人大多生于1910年前后，在青年时期抱有左翼思想，之后无论其个人意愿如何，除了因为身体条件不足未被征召的，都被送上战场。时代的烙印决定了他们是反战的一代文人，其作品具有某种内省的精神气质。

《世代》同人比《近代文学》的一群人年轻。他们出生于1925年前后，大部分曾是第一高等学校的学生。这批人在战争期间就读初中或高中，尝过匮乏的滋味，一心投身文艺。吉行淳之介、中村稔、饭田桃，以及八木柊一郎是其中的代表，他们后来分别成了小说家、诗人、小说家兼评论家，还有剧作家。不过，他们的成熟期尚未到来。战后那几年，比他们年长的《近代文学》同人尚且不能靠文字谋生，更不要说这伙二十岁上下的年轻人了。

本文的主人公武田百合子，算是《世代》同人之一。她没给杂志写过稿，而是混在文学青年当中听他们畅谈文学、世界和人生，觉得自己以外的人都很厉害。百合子原姓铃木，在横滨长大，她幼年丧母，父亲在她十九岁那年病逝。1945年5月，横滨遭遇空袭，她和弟弟侥幸逃生，避难到乡下。几个月后日本战败，她又带着弟弟到东京，寄居在哥哥家。百合子是个娇小的女性，有一双格外大的杏眼，容貌引人注目。自从来了东京，家里不断让她相亲，美貌的她却屡屡被拒，对方的理由是"这姑娘没有表情，不笑"。

熟人们都知道，百合子和八木柊一郎是恋人。两人还有过一次未遂的殉情。年轻容易导致绝望，更何况是贫穷的、对未来一片茫然的年轻。八木柊一郎的小说《怔怔的手帖》，怎么看写的都是百合子。

到东京后，百合子做过各种工作，露天点心摊、点心小作坊、冰激凌摊、进口化妆品销售（背着从美军小卖部走私出来的化妆品，沿街敲门兜售）。可以说，她弄到什么就卖什么。有段时间，她的商品是巧克力球。巧克力球是熟人自制的，把葡萄糖做成球状，裹上来自美军的好时可可粉。不惧生的百合子前往神田一带的咖啡馆和酒吧，一家家上门推销。兰波咖啡馆也是她当时的客户之一。

关于百合子进入兰波咖啡馆工作的经历，据她弟弟铃木修回忆，百合子想做文字类的工作，先是给作家当口述笔记员，后来去了昭森社。不知怎的，她没有坐在二楼逼仄的办公室，而是下到一楼，当起了女招待。原本那里就

笔的重量

是《近代文学》《世代》同人聚集的所在，百合子很快成了兰波咖啡馆明星一般的存在，中青年文人们纷纷为了见她而去店里消费。

就这样，在1947年的兰波咖啡馆，三十五岁的写作者武田泰淳遇见了比他小十三岁的百合子。

简单讲一下泰淳的经历。1912年，东京本乡区一所净土宗寺院潮泉寺的住持大岛泰信与妻子的第三个儿子诞生。父亲给儿子起名为"觉"，意为"觉悟佛理"，后来将其过继给终身独身的师父武田芳淳（原本要过继的次子夭折）。武田觉从出生起，注定要继承衣钵成为僧人。

上高中时，觉是个文学青年，尤其对中国文学兴趣浓厚。他念了东京帝国大学（现在的东京大学）支那文学系①，和竹内好成为朋友。觉还是个左翼青年，因为发传单被捕，父亲去看守所探望他，看守嘲笑他是"红色和尚"。被捕事件导致他最终只在大学待了两个月。之后他获得僧侣资格，改名为"泰淳"。就像小贩的儿子要帮家里守摊，泰淳帮家里承担的事务包括给信众念经、拿布

---

① 在这里按照原有的学科名，因其与现代的"中文系"有区别。当时该学科主要教授用和训法读中国的古典，并不注重实际的汉语能力。

施、砍柴种菜。

二十一岁,泰淳写了第一部长篇《世界黑色阴谋物语》的开头。翌年,他和竹内好等人一同创办了"中国文学研究会",他们关心的是此时的中国正在被阅读的文学。

泰淳二十三岁那年,著有《从军日记》的谢冰莹去了东京,泰淳与她丈夫互教日文和中文,此事导致他又一次被捕,并被拘留四十五天。此后,他不再涉足右翼运动。

1937年,二十五岁的泰淳被征召入伍,成为辎重兵,辗转上海、杭州和武汉等地,两年后退役。当一个左翼青年(而且还是热爱中国文学的左翼青年)被投入战场,其精神会遭遇怎样的创伤和重塑,战争又是如何让人犯下罪行——泰淳后来的小说《审判》可作为例证。小说通常被放在虚构的创作门类,不过泰淳与其同时代的创作者的小说大多源自个人经历,有种种蛛丝马迹可循。

回国后,泰淳的作品开始呈现后来一贯的"诸行无常"的调性。1943年,他出了第一本书,《司马迁》。他在开篇写道:"司马迁是个呈现了生之耻辱的男人。"或许对经历过战场的泰淳来说,此后活着的每一天,"生之耻辱"都如影随形。他写于三十岁前后的《司马迁》不断再版,至今仍有不少读者。

1944年6月,为了逃避二次应征入伍,泰淳到上海的中日文化协会工作。1946年4月,他随着战败撤退的人潮,搭船回国。

前后两段中国经历奠定了泰淳在文学创作乃至人生的暗沉底色,与百合子的邂逅则给他带来不一样的光。两人相识之初,泰淳正经历一段如今很少有人提及、当时在文坛内部人人皆知的四角恋爱,他把看不到出口的窒闷感塞进了小说《爱的形式》,让恋爱对象化身为作品的女主人公。

百合子没时间看很多书,也不知道泰淳在写小说,还以为他是个教中文的老师。泰淳总是请客,对她来说,他是那个带自己吃喝的人。如果他来的时候是晚上,她就让他付账,喝店里非法售卖的私酿烧酒;白天,要么选店里的巧克力芭菲(其实就是冰激凌上面放一块巧克力,用的巧克力仍是美军物资),要么选三省堂书店那边的"葬礼馒头"。

年轻姑娘对食物的爱透出近乎原始的生命力。百合子打动泰淳的,更多的在于这种小动物般的天真直白。为了从四角恋爱的困局挣脱出去,泰淳接受了一份北海道的教职。在他离开前，1947年10月的一天，两人在街上闲走，百合子透露了一个重大的秘密。她说，自己的外公是铃木辩藏。

那是一起曾震动整个日本的事件。1919年（大正八年）6月，在新潟县的信浓川畔，有人发现了一只装满尸块的行李箱。警方很快查明，死者是横滨的进口米商人铃木辩藏，杀人者则是农商务省进口米部门的技师山田宪及其同伙。

铃木辩藏死得凄惨，在当时，对于他的死，社会上普遍的看法却是"有人为民除害"。大正时代，米商囤货导致米价暴涨，普通人的生活愈加艰难，富山县在1918年还发生过米价过高导致的暴动。政府为解决这一问题，设立了进口米管理部，指定一些大商店以公定价格进行大米买卖。拥有政府指定的牌照，就等于有了赚钱的门路。

年少时在米店当伙计的铃木辩藏是典型的暴发户。他靠倒卖大米和期货投资，迅速获取了巨额财富。山田宪在负责牌照的进口米部门工作，自然是铃木辩藏"公关"的对象。他先是带山田宪参与大米期货投资，导致其背了一身债，然后开始游说对方放出牌照。之后，山田宪找理由向铃木辩藏索要了五万元的贿赂。这无疑是一笔巨款。当时小学教师的月薪在二十元左右。

后来铃木辩藏试图要回那笔钱,反被杀害。山田宪在法庭上声称自己是对无良商人进行天诛,最终他被判死刑,两名共犯分别被判监禁十五年和一年半。

无从得知,百合子究竟出于怎样的心理向泰淳提起这件事,或许她是想挽留即将离开的泰淳。

铃木家有不成文的共识,不要对外人提起家里长辈的事。其背景就在于大众对铃木辩藏的死缺乏同情。而且,百合子并非辩藏的亲外孙女。百合子的父亲入赘铃木家,和第一任妻子育有一双儿女。岳父和妻子去世后,他和第二任妻子生下四个孩子,分别是谦太郎、百合子、进、修。

泰淳在北海道没待多久就回来了。百合子讲述的故事一直萦绕于他内心,他想写关于铃木辩藏事件的小说。两人的关系逐渐稳固,他带百合子去了好友埴谷雄高夫妻家。埴谷雄高比泰淳大三岁,在1931年加入日本共产党,其后被捕并坐牢。1946年,埴谷雄高与同伴创办《近代文学》,开始在该杂志连载《死灵》。这是一部受陀思妥耶夫斯基影响的思辨性作品,由于作者的肺结核病情加重,连载中断(进入20世纪70年代,连载重启,直到埴谷雄高去世,仍未完稿)。

埴谷雄高早先在兰波咖啡馆就和百合子相熟，此番她以泰淳女友的身份出现，他不仅意识到百合子的"有趣"，也感到写作者泰淳的"深化"。靠收房租补贴生活的埴谷家相对富裕，泰淳他们在过年的时候去蹭饭，百合子一个人吃了一大碗小鱼干。

回到东京的泰淳发表了《吃东西的女人》。兰波咖啡馆的客人们不难认出女主人公房子的原型。

> 我隔了许久去到那间咖啡馆，刚在角落的位子落座，她立即鞠了个躬，过来点单。接着，她对账台那边的服务生说："我也要一个甜甜圈。"玻璃柜台里，甜甜圈和巧克力等摆在一起。服务生夹了一个出来。这时，她继续面向我这边，用指尖捏着高级的甜甜圈，咬了一口。她在品味炸得透透的、沾满了砂糖粉、形状完美的甜甜圈。她吃得很香，我几乎能感觉到她的咀嚼感和舌尖上的汁液。仿佛在那个瞬间，在那间咖啡馆里，不，在这个世界上，只剩下她和甜甜圈。

房子的形象凝缩在"吃"，到了1949年的《未来的淫女》(《别册文艺春秋》),泰淳笔下的女主人公显得更为立体。开篇第一句:"马屋光子对我来说是个有趣的存在。"

> 她听取顾客点单,送去酒、咖啡、花生和柿种。她清出炉灰,添加泥炭。她在客人旁边稍坐,喝啤酒。和人猜拳赢了,对方拧住她的胳膊,浇她一头的酒。她用包袱布裹着瓶子,跑去买酒和肉。她严格按照账目,让顾客用全副家当付账(数学是她最喜欢的学问)。

小说中的光子经常叠穿两件外套。两件外套的口袋都被老鼠咬坏了,因为她常把吃剩的食物放在衣兜里。她的被子也破旧不堪,"无论在战场还是监狱,我都没见过那样让人发痒和难受的被子"。有一次她喝醉了上厕所,想把购物篮搁在厕所的窗台上,结果篮子掉了下去。她在满是污水形同小河沟的后巷里拼命摸索,最终也没能找到篮子。篮子里有中原中也的诗集,她手抄了中原其他诗的本子,还有基督教的《公教要理》。

那应该正是二十出头的百合子的形象,一个随身携带诗集的咖啡馆女招待。当时，泰淳开始和百合子同居。说是同居，其实就是泰淳到百合子的住处留宿，有时他在天亮后回寺院（他父亲改任目黑长泉院住持）。百合子搬过好几次家，神保町、小川町、中野，泰淳在每一处来来去去。

虽然也发表了一些小说，但泰淳的收入据说只够负担百合子一半的月租。兰波咖啡馆的顾客之一是筑摩书房的创始人古田晁，百合子去筑摩的办公室收酒账的时候，还一并帮泰淳索取滞纳的稿费。泰淳说，自己出生在僧人之家，稿费等同于布施。意思是，别人不给，他也不好主动要。日子难过，只能由百合子开这个口。筑摩书房的经济也相当窘迫，财务以书抵稿费，百合子用包袱布背着一堆书，离开出版社后，便一路走到旧书店去换钱。

就这样，百合子一直没停止工作。继兰波之后，她又去了其他酒馆。

男人和女人在恋爱里的付出很难对等。两人同居期间，百合子四次堕胎，第四次甚至导致她差点丧命。无论男方出于何种理由不想要孩子，都不该这样折磨伴侣。让人震惊的是，泰淳将两人生活中的这些细节一一用在了小说女主人公光子身上。

如果仅仅写两人的关系倒也罢了，《未来的淫女》是长篇小说的第一部分，第二部分叫作《血与米的故事》。看标题便知，铃木家的故事终于在泰淳笔下登场。此事在铃木家引起了轩然大波，哥哥带弟妹们开了会，说不能让泰淳再写下去。百合子不肯出面应对，和她最亲近的弟弟修（当时是信仰共产主义的大学生）找泰淳做了严厉的谈话。小说没再继续，泰淳后来的单行本和作品全集均未收录这两篇。

1950年，两人一起搬到杉并区天沼。那之前，百合子住过咖啡馆二楼、强悍的老婆婆经营的情人旅馆的别栋、印刷厂兼中介的阁楼。从外观看，天沼的居所比以前住过的要体面些，是一栋传统的老屋，屋外有绿植。房东老太太和小女儿夫妻住楼下，泰淳和百合子租了二楼的两个房间，南面对着宽走廊，日照不错。泰淳总是窝在东面小房间阴暗的角落写稿，一天抽六十支烟，不断往烟灰缸里吐痰。他在写《风媒花》，围绕"中国文学研究会"一群人的小说。

泰淳和百合子的家中只有一床被子，如果来了客人，他们和客人两头睡。如果客人再多，只能把房东的蚊帐当被子盖。每当泰淳有了稿费，就请朋友们吃中餐或鳗鱼饭，很快钱用完了，生活被打回原形。但即便手头窘迫，两人也经常去看电影。

百合子又怀孕了。她上一次堕胎的险境让泰淳意识到，不能再这样继续下去。1951年，两人结了婚。泰淳在晚年的作品中写道："如果没有饿肚子这件事，我们或许不会结婚。不饿肚子，就不会喝酒，不喝酒，我们的行动就不会那么自由自在。"

10月，女儿出生，泰淳给女儿取名为"花"（百合子习惯喊女儿"花子"）。二十六岁的年轻妈妈和她三十九岁的丈夫不太懂得怎么照顾婴儿。天沼的房子老鼠肆虐，泰淳怕老鼠咬孩子，一家三口搬到片濑江之岛一个接生婆家的二楼。邻居们都靠夏天的海边做生意，他们最关心的是七八九月的周末天气。泰淳写道："从事虚业的我，待在这样的地方心里放松。"他一直把写小说叫作"虚业"。

百合子喜欢海边的生活。她经常长时间在海里游泳，还是个婴儿的花被放在海滩上。泰淳这样描述百合子带孩子的情景——

> 给她一根炸薯条，她连续几个小时乖乖地躺在海浪席卷的沙滩上，渔船的阴影里，直到母亲游泳游腻

了为止。她还把沾满沙的饭团慢慢地吃完了……

婴儿哭也不哭,独自睡着。不管来了什么客人,不管我们因为什么话题而吵吵嚷嚷,婴儿仿佛住在另一个世界,安静地睡着。老婆当然是爱孩子的。在她的关爱下,孩子健康地长大了。不过,她这人太喜欢来喝酒的客人和来谈天说地的客人,所以直到客人们回去为止,她像是压根儿忘了孩子。(《眩晕的散步》,上海文艺出版社,2024)

1952年,泰淳的父亲去世。父亲生前认真读过泰淳的小说,评论道,你的小说像竹子嫁接在树上。可能是为了让泰淳的母亲安心,翌年,小家庭搬回了目黑的长泉院。大岛家的长子大岛泰雄此时是东京大学农学部水产学教授,无论是他还是以写作为业的泰淳都无意继承寺院,于是从福岛会津请来和泰淳同辈的亲戚,担任新住持。因为还要管会津那边的寺院,住持不常在东京,原本是外人的百合子主动帮忙处理长泉院的事务。幼年时,她像所有富家女一样习字、学古琴、学唱传统歌谣。理所当然,她写得一手好字。百合子帮信众们写供养用的卒塔婆木牌,还发明了给基督徒的卒塔婆木牌,在顶上画一个十字架。她做这一切极其自然纯熟，信众们都以为她原本是哪间寺院的女儿。不过，泰淳生性严格的母亲对儿媳有一些看不惯的地方。泰淳解释说，百合子从小没了妈，所以不懂规矩。

他们在长泉院住了四年。其间，泰淳写了《光藓》。1944年，北海道一艘船遇难，船长在冬天的知床海岬靠吃船员的尸体活下来。小说便是以这一事件为蓝本。《光藓》后来被改编为话剧、歌剧以及电影，是泰淳影响较大的作品。

百合子重新联系上从前要好的中学同学，有时带着女儿去横滨和同学们见面。念中学时，她从不修饰自己，穿着破旧的校服，同学去她家玩，发现那是栋大宅，十分惊讶。可以想象，铃木家的孩子们因为不想让人议论财富的来源，在外习惯保持低调。如今百合子成了打扮精致的年轻妈妈，白色百褶长裙，粉色衬衫，化了妆，涂了口红。

20世纪50年代，泰淳和他的同伴们在文坛俨然已是前辈作家。从1956年起，泰淳开始担任中央公论新人奖评委。与他共同任评委的是伊藤整和三岛由纪夫，第一期获奖作品是吉他手深泽七郎的《楢山节考》（在1958和1983

年被改编为电影)。只比泰淳小两岁的深泽七郎很快与武田夫妻成了好友,还教百合子弹吉他。

1957年,武田一家三口搬到杉并区上高井户的公团住宅。公团住宅是由日本住宅公团提供的出租屋,面向中等收入家庭,由于供不应求,租户需要通过抽签获得入住名额。社区通常很大,由若干栋不带电梯的多层建筑组成,外观有点像中国的老公房小区。搬家后,泰淳让女儿就读离家三站地的立教女学院小学,一所基督教女校。

独立居住让他们与朋友的走动变得更加方便。泰淳的交游广阔,竹内好、丸山真男、梅崎春生、埴谷雄高和大冈升平,都与他常有往来。和作家们在一起,百合子总是打扮得漂漂亮亮的,但她的着装也看场合。武田花小时候记忆中的妈妈,常穿黄色紧身裙或旗袍。她还记得,自己学习不好,学校喊家长,这时,妈妈穿着日常衣服和拖鞋就去了。

上高井户的住所旁边有家面包厂。一大早就有过于浓重的气味和喧嚣,让凌晨起来写稿的泰淳苦不堪言。1960年,武田家搬到赤坂冰川町,租了当时少见的复式公寓,可见泰淳的收入大有提升。彼时的赤坂不像如今这般繁华,除了一些老店铺,有大片的空地和绿树。新家与冰川神社毗邻,泰淳在天色尚黑时开灯写稿,神社的鸡以为天亮了,咯咯报晓。这让泰淳惴惴不安,对百合子说:"我感觉就像自己干了坏事被发现了,窘得很。我在方格稿纸上填字,一页一页地写小说,就像一张一张地做假钞啊。"

这一年还有一项变化,赤坂的公寓有停车位出租,武田家买了车。早在长泉院时期,百合子有段时间每天一早出门,不知去了哪里。泰淳嘴上不问,心头惴惴不安,心想,这人不会是有外遇了吧?事实上百合子一直在学车,并顺利考取大型车第二类驾照(该驾照可以开卡车)。

作家生活方式的变化,其实不过是时代变化的一隅。1959年,富士观光株式会社成立,第二年开始分让"富士樱高原别墅地"。武田家和大冈升平家先后在位于山梨县富士山麓的别墅地建了小楼。在武田家,诸如添置不动产的大事向来是百合子一个人拿主意,她还在下田买过一块地,一直没盖房子。

百合子为什么会想到在富士山盖房子呢?可推测的是,她想离开东京透口气。在东京,除了家务,她还得处理和泰淳写作相关的诸多杂务,从送稿件到领稿费,以及开车接送泰淳。此外，从1958年起，"第一次战后派"[①]作家们每月举办一次"后天会"，除了泰淳，参会者有野间宏、堀田善卫、椎名麟三、梅崎春生、中村真一郎和埴谷雄高，会场经常放在武田家，百合子的接待任务不轻。

1963年，武田花升上同校的初中，开始寄宿。她后来回忆，父母一定是早有预谋，为了到富士山待着，才让自己住校。证据就是，那之前，他们给她买了只博美犬，取名"波可"。百合子十分宠爱小狗，如果家里吃汉堡肉饼，会做一个小的给波可。年底，富士山麓的小屋盖好了。从圣诞节到翌年年初，一家三口迫不及待地在那里住了几天。山上的严寒让人猝不及防，抹布刚拧完就结冰，三个人各自用两条毛巾包住脑袋，打扮得像小偷一般钻进被窝。

泰淳为富士山的小屋写下门牌，"武田山庄"。1964年晚春，武田一家开始了东京和富士山两地往返的生活。恰逢富士山收费道路昴公路于当年开通，从河口湖通往富士山半山腰。百合子总是一早出发避免拥堵，从东京赤坂的公寓到山庄，即便不堵车，开车单程也需三个小时左右。

[①] 第一次战后派，指1948—1949年出现在文坛的日本作家。

不过，对百合子来说，离开东京的好处胜过了长途驾驶的疲累。至于泰淳，尝过山居的静谧与安闲后，他经常心血来潮般说，明天进山吧。

这一年，百合子开始写山居日记。

最初是泰淳提的要求。他把一册别人给的日记本放在百合子面前，说："这个送给百合子。你来写日记吧。只在山上期间写就行。我也会写。我们轮着写吧。怎么样？这样你就会写吧？"百合子摇头。他又说："随便你怎么写都行。要是没东西写，也可以只写那天买的东西和天气。如果有好玩的事或者做了什么，写下来就行了。用不着在日记里抒情或反省。因为你是个不适合反省的女人。你只要一反省，就会耍滑头。百合子经常和我说话或者自言自语，对吧？就像你说话那样写就行。你按自己容易写的方式写就行了。"

虽然提出"轮着写"，由泰淳执笔的日记只有寥寥几篇，女儿武田花偶尔也写个一两天。譬如，1965年的春天，母女俩在院子里种下了深泽七郎送的十七株梅树。五年前，深泽七郎因为小说《风流梦谭》引起右翼势力的攻击，还导致中央公论社社长家遭右翼袭击，保姆在该事件中死亡。这件事发生后,深泽七郎停笔,四处流浪。要等到1965年秋,他才再度安顿下来,开设"爱我农场"。

念中学的武田花写道:"妈妈(总是)最勤劳地干活,她乐在其中,像是累了。一旦开始挖坑,或是弹起吉他,妈妈哪怕做一整天都不厌倦。饭都不做了。爸爸一整天写小说,不厌倦。我做什么都做不长,我是别人让我做什么我才做的类型。"(1965.3.31)

百合子始于1964年夏天的日记,虽说是按泰淳的要求写的,但并不敷衍。在山里每天的日常,一日三餐的内容,购物清单,自然风物,都被她以冷静的仿佛局外人的笔触做了记录。

武田家每次来去山庄的时间不定,通常和泰淳的工作安排有关。有时一待就是半个月,有时隔天就走。加起来每年总有几个月到半年时间在山里。小楼虽然简素,但院子很大,占地一千二百多平方米。百合子在院子里种树,养花。山庄位置不便,最近的购物点是管理处,走路也有些距离,那儿东西卖得贵,百合子通常开车到山下的河口湖城区或富士吉田,采买食物用品,给车加油。她很快和加油站以及商店的人们混熟了,每次去,加油站的大叔都会送她冰激凌或其他小吃。另一个和武田家交往较多的当地人是石材店的外川。武田家想建围墙,让管理处找承建方,找来的便是外川。他在日记中首次登场时,百合子称他为"石材店的大叔"。几天后,围墙建好了。

> 我们用当地的葡萄酒、花生、炸仙贝和水果罐头庆祝完工。女工们说,她们不是从明天开始休假,从这里回去,今晚就开始盂兰盆节假期,要尽情地休息。
> 三名女工是山下的N村人,说是一个是理发店的,两个是农户的主妇。女工们把一升装的葡萄酒倒了满满的一杯,"啊,好喝"。她们说,老板(就是石材店的大叔)给了她们每人一幅红梅花纹的单衣和服面料,让她们在盂兰盆节穿。老板用又胖又圆的指尖一圈圈地剥开奶酪的锡纸,一边吃奶酪,一边吱吱作响地小口啜着啤酒,显得心满意足。他像那种去酒馆请女招待喝酒,被她们围在中间而兴高采烈的大叔。他雇了不少女工,说不定他在工作中也有这样的心情。(《富士日记》,1964.8.14)

从此外川便常常上门。有时给武田家带吃的,有时路过歇脚。他相当健谈,讲了许多当地的事。日记有时专门列出一个条目,"外川的讲述"。例如,其中一则日记写了外川关于种田的谈话。除了石山,他还拥有田地,由他的妻子打理。百合子详细记录当地人的话语,连口音也栩栩如生,很可能是为泰淳的写作积累素材。接下来一天的日记继续补记昨天的谈话。

> 外川的谈话的笔记(这是昨天,六月七日,他除了插秧还说了别的,昨晚困了,不想写了,就没写,今天,丈夫说:"要把外川的话写下来啊。"所以我趁没忘记来写。真烦。手指头会疼,写字很麻烦。外川如果今后还说一大堆话,就糟了)。(《富士日记》,1965.6.8)

百合子所料不虚,外川以后也讲了好多好多的事。她事无巨细将其写下。深泽七郎、竹内好分别来过山庄,也留下了记录。她笔下并非总是一成不变的悠闲山居岁月,渐渐地出现死亡的阴影。朋友们当中,最早离开人世的是梅崎春生。1946年以《樱岛》成名、身为"第一次战后派"代表人物的梅崎春生,五十岁死于肝硬化。酒精和写作，泰淳那个时代的作家们不可或缺的逃逸口。也因此，肝病是他们最容易罹患的疾病。

> 今天早上，我绕过湖岸返回鸣泽的时候，河口湖的水清极了，钓鱼的人像画一样，静静地一动不动，是个让人沉醉的晴朗夏日。我当时边开车边想，生病的人会在这样的日子死去呢，而梅崎死了。我的眼泪不听话地流了下来……
>
> 我回到家，我们久久地不说话，包括吃饭的时候。丈夫、我和花子分别在不同的地方哭。丈夫在他的房间。我在厨房。花子在院子里。（《富士日记》，1965.7.19）

"分别在不同的地方哭。"最简单的句子，却清晰地勾勒出巨大的悲痛。

活着的人们还有他们的日子要过。这年8月，百合子和女儿跟着外川去看湖上祭的焰火。泰淳嫌麻烦，没去。他正在写《十三妹》，登场人物不光是十三妹，还有白玉堂和展昭，整个儿是把《三侠五义》《儿女英雄传》《儒林外史》糅合在一起的小说，颇有点"关公战秦琼"的意味，体现出泰淳在中国古典文学方面的修养。他笔下的十三妹与其丈夫，隐隐有自家两口子的影子。小说在报纸连载，为赶上进度，在山庄执笔的稿件由百合子送到山脚下的火车站，搭列车邮件送往报社。11月25日，日记本里少见地出现了泰淳的字迹："我写不出稿子，心里难受。"12月2日，百合子的车被冻住了，她往引擎浇热水，勉强发动，引擎盖一路往外冒黑烟，直到实在没法再往前开，她跳下车，先跑到加油站说了车的事，再奔到车站去寄稿子。这天的日记读来如一部动作片，让人看得捏了把汗。

顺便提及，多年后，田中芳树为《十三妹》文库版写的解读中提到，连载期间还是个小学生的他，每天的期待就是在报上读这篇小说。

1965年底，武田家在山庄跨年。百合子不慎把后备厢钥匙掉在雪地里，怎么也找不到。年末的最后一天，加油站十分忙碌，尽管如此，加油站大叔带着阿宣（英俊的年轻人，大叔的亲戚，在《富士日记》中多次出现）来了山上，阿宣巧妙地打开后备厢，拿出雪链，大叔帮忙装上。为了犒劳他们，武田家端出吃的喝的，大叔喝得兴起，念了自己作的俳句。另一边，加油站的大妈边忙边纳闷，怎么人去了山上就没影了。像这样带着浓郁情谊的日常故事，在日记中还有许多。

百合子偶尔也会提及她正在读的书，例如1966年4月20日的日记写道："昨晚虽然困，却开始读一本叫作《沉默》的书，一直读到两点半……"

泰淳担任评委的中央公论新人奖仅存续九届，到了1965年，中央公论社改设谷崎润一郎文学奖，泰淳继续当评委。第一届谷崎奖的获奖作品是小岛信夫的《拥抱家族》，1966年秋的第二届，获奖作品正是远藤周作的《沉默》。

日记里提及《沉默》的这天，山庄来了访客。远道而来的是中央公论社的编辑常田，也曾是兰波咖啡馆的常客。百合子对他说："那时候，我们三个都穿着古怪的衣服和外套，白天也像晚上一样喝酒。常田，你现在成了中央公论社的人，穿着好西装，像个绅士。我也开上了车。我们活了好久啊。"

说这番话的百合子还不到四十一岁。是经历而非时间，让她感觉"活了好久"。值得注意的是，在这一年5月的日记中，出现了百合子为泰淳做口述笔记的记录。口述的稿子不长，是某评论集的后记。不妨认为，此时泰淳的体力开始逐渐衰微。他在山里依旧凌晨起床写作和读书，一起来就开始喝啤酒,百合子开车出去的时候,他除了午睡和晒太阳,也负责拔草、修剪树枝和砍柴。

泰淳有时也会写到富士山的生活,例如散文《直到看到焰火》,记述了武田家两次去湖上祭的经历(第一次泰淳没去,翌年夏天外川又来邀,总算去了),用了一些笔墨写外川,勾勒出一个性格憨厚、学历不高,同时努力想在当地成为一方人物的石材商人的形象。如果将百合子日记与泰淳的文章对比,会发现泰淳摘抄了百合子大段的日记,毕竟去年的事他没亲身经历。摘抄时做的处理,可见他与百合子的不同。

> 一位老得仿佛快死了的爷爷被家人围着,躺在铺着的报纸上,仰面望着焰火。他一动不动地死盯着焰火升起的方位,让人以为他是不是已经死了。(《富士日记》,1965.8.5)

> 就连仿佛马上会死去的瘦弱老爷爷,也被家人送过来,人们把他脸朝上放在报纸上,他望着人世间最后的焰火。(《直到看到焰火》)

这不是泰淳唯一一次"借用"百合子的日记。他的文章结束于那年夏天实际目睹的焰火景象,典型的作文模式。而在百合子关于湖上祭的日记中,一个字也没提到焰火的景观(去年同样没写,只写了看焰火的众人),末尾如下——

> 九点半过后,焰火的声响停了,我们回家。
>
> 从中午就一直在喝啤酒,所以丈夫晕乎乎的,一回到家就倒下睡了。呼噜响亮。
>
> 我感觉自己的嘴巴仿佛一直张着,手脚也仿佛因为啤酒流过来而变得胖胖的。花子帮忙把白天的桌子收拾了,我俩入睡的时候将近十二点。(《富士日记》,1966.8.5)

1967年春,泰淳作为作家代表团的一员在中国旅行。这并非他第一次在战后以作家身份访华。六年前,他曾在中国游览了二十五天。那之后,他在《菊花,河流,大地》中写道:"有过曾以侵略者身份在这片土地上移动的过去,我感到惶恐、抱歉和窘迫。"

时隔六年的这次访问归国后,泰淳忙着作报告,写回顾稿,上电视和广播,一直留在东京。5月末终于回到山庄，百合子写道："今年没看到富士樱，也没看到松树发芽。"

夏天，又一次进山途中，波可死了。

该怎样写下身边最亲近的动物的死？百合子的记述像一块封住全部情绪的巨大的冰。

> 波可死了。六岁。把它埋在院子里。
>
> 可怕的事，痛苦的事，想要喝水，挨骂，都不会再有了。如果，灵魂真的会升上天空，那就早点升上去解脱。
>
> 早上十一点半出东京。非常热。在大箱根停车小憩。波可死了。天空湛蓝。我喝了两瓶冰牛奶。丈夫一瓶。我立即上车开往山里的家。眼泪一直在流。看不清前路。
>
> 埋完波可，我去大冈家送书。我说狗刚才死了，太太把她的织机借给我（七月十九日记）。(《富士日记》，1967.7.18)

始终保持反战、反核姿态的大冈升平，比泰淳年长三岁。就读京都帝国大学期间，他和中原中也等人创办同人杂志《白痴群》，毕业论文写的是纪德的《伪币制造者》。

1944年，在川崎重工工作的他应征入伍，被派驻菲律宾。可能因为他谙熟法语，在军中成了译码员。他患上疟疾，于昏睡状态中被美军俘虏。他的第一部小说便是《俘虏记》。

大冈家的房子比武田家的建得晚，从1966年夏天起，他们偶尔过来小住，频率似乎没有武田家高。两家人都在山上的时候，经常相互走动。为了安慰百合子，大冈升平讲了自己陆续养过的好几只狗的死。对波可死因的叙述出现在几天后的日记中。应该是到那时，百合子才终于能稍许平静，写下事情的经过。她又一次提到天空。

> 打开后备厢看见狗的时候，我头顶上的天空湛蓝。我将永不会忘记吧。发现狗死了的时候，天空湛蓝。（《富士日记》，1967.7.20）

夫妻俩都无法对女儿讲起狗死掉的事，直到武田花放假进山。年复一年，百合子的日记中不时提到埋葬波可的地方和她在那里种的花草。

1969年初，泰淳开始在《每日新闻》连载《新·东海道五十三次》。东海道五十三次，指的是从江户时代就有的，从日本桥到京都的东海道沿途的五十三处住宿地。从古至今，文学和绘画常选取这些地点为主题，人们最熟悉的便是歌川广重的浮世绘。为了连载，从1968年11月起，差不多有半年的时间，百合子开车带着泰淳和报社编辑沿着东海道漫游，每一次的出发点是上一次旅途的终点。

连载的主线是"我"和"百合子"的自驾旅程，同车的编辑偶尔作为"T"露面，存在感不强。全文不仅有历史掌故、对东海道沿途城市的观察，也穿插了对个人经历的回顾。除了广重的日记，泰淳还多次提到《东海道中膝栗毛》，那是十返舍一九作于19世纪初的滑稽文学。主人公弥次郎兵卫和喜多八是一对同性情侣，他们在东海道徒步旅行，发生了许多故事。泰淳用那两人比喻自己和百合子，多少带一些恶趣味。

这一年还有件小事，1月，中央公论社的编辑村松友视第一次拜访位于赤坂的武田家。他是正在创刊的文学杂志《海》的编辑，泰淳答应为新杂志写一部长篇，名字也取好了，叫《富士》。不过在编辑上门的时候，关于小说的构思很可能只停留在书名。

和武田夫妻的初见给村松友视留下了强烈的印象。那两人起先都有几分怕生和拘谨，不过，当泰淳给客人和自己倒上啤酒，百合子端出自己用短时间内制作的下酒小食，家里的气氛开始变得其乐融融。本来这次拜访该由主编带领，主编临时有事，于是二十八岁的村松友视独自面对五十七岁的文坛重镇，该说是"初生牛犊不怕虎"，他拿出预先准备的书，向泰淳热情推荐国枝史郎的《神州绞缬城》，说"富士"同样也是这部奇书的关键词，可能会对新小说有所启发。

国枝史郎早在1943年就已去世，他的小说主要是幻想和传奇风格，影响了后来的许多作家，包括江户川乱步和梦野久作。《神州绞缬城》是一部未完之作。

为了完成编辑工作，也因为真心喜欢武田夫妻，村松友视和他们来往很勤，还在4月大雪中和武田家一道去了山庄，跑上跑下帮着搬东西——山庄从大门到房门口是条下坡路，有些不便。不知是不是被村松友视的阅读建议打乱了节奏，还是泰淳原本就急于写稿，总之，《海》的创刊号没能收到泰淳的小说。不仅如此，作家直接溜到了国外。

算是犒劳辛苦驾驶多次往返东海道的百合子，泰淳带着她，和竹内好一同参加了"白夜祭与丝绸之路之旅"，在苏联境内走丝绸之路的一部分。6月10日从横滨坐船出发。这天凌晨三点，泰淳起来写了《新·东海道五十三次》最后一期的稿件，在码头将手稿交给赶来送行的报社编辑。

至于被放鸽子的《海》，泰淳将出行计划瞒着当时的主编近藤信行，并对百合子说："唯独近藤君，我不想让他知道我要去旅行。因为对不起他。我说不出口。要是让其他出版社知道了，马上会传入近藤君的耳朵里，所以你也别告诉其他出版社。尽可能谁也不告诉，一直到临出发的时候。"

近藤信行在武田家出发的前夜打来电话，询问"是真的吗"。电话里的声音含着怒气。早上，他带着另一个编辑来码头送行。泰淳总觉得对方脸色不善，避免视线接触。

旅行团一共十个人，行经哈巴罗夫斯克、塔什干、布哈拉、第比利斯、雅尔塔、列宁格勒（现在的圣彼得堡）与莫斯科，然后从北欧回国。沿途，一如在山庄和东海道采访时，百合子记了笔记。泰淳后来回顾，一行人因航班延误在新西伯利亚机场招待所落脚时，"老婆在日记里详细地对室内做了记述。我可以断言，关于这处住宿地点的内部环境，记录得如此详尽的，除了间谍，在日本游客当中是绝无仅有的。她还画了插图，痰盂、水龙头，以及室内构图"。

结束旅程回到东京，访客不断，泰淳说："想早点进山，头昏脑涨。"7月10日，他们重返山庄。没了外人打扰，夫妻俩长时间地聊天。三天后返回东京。7月下旬再进山，一直待到9月中旬，中间仅有一天回东京，请《每日新闻》的编辑记者等人吃饭，翌日即回到山间小屋。山居生活可以大幅度地接触自然，同时亦有不便之处，尤其是每到冬天，水管和车需要仔细防寒，不然就会冻坏，武田一家人连寒冬都不怕麻烦地待在山里，凉爽的夏天当然更是得空就进山。

《新·东海道五十三次》由中央公论社出版，书中提及"百合子的笔记"。泰淳坦言，能写这本书全靠妻子的驾驶和笔记。百合子不仅要负责长途驾驶，每天还要记笔记，难怪文中的"百合子"经常显得睡眠不足。

拖稿的泰淳在夏天开始写《富士》，第一章"神之饵"乍看像是山居笔记，对松鼠和老鼠的观察透出哲人的思考。第二章"'请让我拔草'"，笔锋一转，开始写战争期间一所精神病院的医患人群。

这年12月，百合子的日记中第一次出现有关小猫阿球的记录。那是女儿外出时在停车场捡的三花猫。武田花高中毕业，没上大学，没事就四处转悠和拍照。继波可之后，百合子又开始加倍地宠猫，给它买特别昂贵的原本是做菜用的鱼干。阿球从东京来到山庄，很快适应了自然环境，成长为动物杀手，在泰淳的带领下，一家人秉着"不责备猫"的原则，看到它带回来的鼹鼠或老鼠等猎物，还得摸摸它的头说，阿球真乖，真能干。受到夸奖，阿球的杀戮不断升级，甚至带回了蛇，怕蛇的泰淳只好躲起来。

两年后也就是1971年4月的日记中，阿球俨然是山庄一带生物链顶端的存在。"我把剩下的大麦碎撒在院子里，松鼠战战兢兢地来吃然后走了。在阿球午睡的时候。鸟儿也在阿球睡觉的时候匆忙地洗澡离开。"

日记这时到了第八个年头，百合子常去买酒的店家的女儿生了孩子。当初刚来山里，那家的女儿还是学生。武田花进入东洋大学，就读文学部佛教学系。《富士》终于连载结束并成书，是泰淳的写作历程中少有的完整长篇。序章和终章用了山居笔记体，中间部分以精神病院这一特殊背景描写了战争对人的影响。值得注意的是，终章"神之指"出现了名叫"波可"的狗的死，小说中"我"的妻子的日记，逐字引用了百合子的文字。

1971年初冬，泰淳住院。写作《富士》期间，他的饮酒量不断增加，此时糖尿病发作，导致脑血栓。日记中早有征兆。一个月前，在进山的路上，副驾驶的泰淳仿佛不经意地说起，昨天中央公论谷崎润一郎奖的会议上，他突然间无法说话。

"就这样上山？我们回去看医生吧。"

他拼命摇头，死死地瞪着我。他把三明治咽下去，然后说："到山上就好了。是喝多了。我自己清楚。看医生也一样。我想就这么待着，你就让我待着嘛。"

我笔直地望着前方，一直在开车。

丈夫伸手抚摸我的头发。

他像是为刚才语气不善感到不好意思，讨好地说："你就让我待着嘛。"这次边摸边用正常的声音说。（《富士日记》，1971.10.23）

病倒后，泰淳的行动变得艰难。他暂时停了工作。第二年春天，百合子把院子里原本种菜的地方都种上了花。不再写稿的泰淳，每天有大把时间眺望院子。1972年6月

25日之后，接下来的日记是翌年4月26日。其间应该是没进山，让泰淳在东京养病。可能由于《富士》带来的影响，新潮社出版了泰淳在20世纪60年代连载于《新潮》的未完作《快乐》。这是部自传性的作品，讲述名叫"柳"的少年僧侣在战争色彩日渐浓重的社会中的日常与思索。

整个1973年，百合子仅写下三则日记，4月一则，5月两则。少见的是，随后，泰淳用大而颤抖的字，记了两则极为简短的日记，其中一则如下——

> 夜里，上厕所上楼下楼太麻烦，所以试着在楼下睡。冷。（《富士日记》，1973.5.21）

1974年，百合子和泰淳在山里待得久一些，六七月间有十八篇日记。7月的一天，泰淳和百合子比赛一般轮流放唱片。泰淳反复听电影《罗斯玛丽的婴儿》（*Rosemary's Baby*）的主题曲，并说："要能写出这种感觉的小说，可真好啊。"百合子在间隙放上《最毒妇人心》（*Hush... Hush, Sweet Charlotte*），不服输地说："孩子他爸，等我死了，守灵夜的时候要放这首歌。让在场的人合唱。"

泰淳重又开始写作。由他口述、百合子担任笔记的

《眩晕的散步》《上海之萤》先后在《海》连载。

《上海之萤》以战争末期泰淳在上海的经历为蓝本。《眩晕的散步》更像是一章章随笔，中风后体力衰微的"我"由"老婆"陪着，在不同的地方散步，"笑男的散步""有存款的散步"……

"船上的散步"一章，文中称"写这段用了老婆的旅行日记"，仿佛只用了一小段。事实上，关于苏联旅行的两章，大部分内容改写自百合子在那趟旅行中留下的详尽日记。读者们要等到中央公论社出版的百合子游记《狗看见星星》，才会对泰淳的"借用"有直观的认识。该感慨他过于理直气壮，还是百合子过于大度呢？现代读者会有自己的价值判断。以下这段磅礴的描写出自百合子的游记，若有兴趣，可以找《眩晕的散步》比对：

> 左边的座位一阵骚动。我旁边的窗户上开始露出雪的大山脉。地球的波浪一层一层地层叠挤压到最深处。雪山的尽头在远方的天空中显得模糊。右窗的人站起身，挤到左窗。据说这里是天山山脉的东端。据说翻过这连绵的山的波浪，那边有塔克拉玛干沙漠。天空中模糊的那个位置就是喜马拉雅山。我把额头紧

贴在窗玻璃上,从没有一片云遮蔽的晴朗的天空注视着天山山脉。眨一下眼都可惜。做一次深呼吸都亏了。天山山脉顶着白雪,缓缓地旋转着伸展开去。许久以前,一只煮沸了的热球边转圈边冷却,不知怎的,只在这个位置挤出了一道褶皱。那之后一直到现在,它拒绝了四季变迁、人和兽,如同死了一般睡着。没有任何声音的世界。没有生物的世界。该说是空旷还是空洞呢——那样的大交响乐响彻四周。我死后去的,就是这样的地方吧。

有一点需要特别提及,随笔风格的《眩晕的散步》,以及之前那本像是纪行文学的《新·东海道五十三次》,都被泰淳归类为"小说",这与他的小说观念有关。

《富士》连载期间,泰淳和三岛由纪夫有过一次对谈,他当时说:"所谓的小说,一种,是声称'我没有说谎'的人;一种,是说'我说谎'的人;还有一种,是说'我搞不清我有没有说谎'的人……"三岛由纪夫立即说:"第三种就是武田吧。"对谈后一个多月,三岛由纪夫自杀。《富士》的主人公之一很容易让人联想到三岛由纪夫——前精神科医学生、现在的精神病患者一条实见,高智商的美貌青年，声称自己是天皇直系。一条实见在书的末尾死去，读者多以为泰淳受是到三岛由纪夫自杀事件的影响才这么写，其实全书截稿恰好在三岛由纪夫自决前几天。小说家的预见，有时让人心惊。总之，小说与现实的巧合，让《富士》一时间成为话题。

1974年的日记终结在7月15日。1975年没有留下日记。百合子五十岁，要照顾生病的丈夫，还要做口述笔记，过了忙碌困顿的一年。

1976年的日记始于7月23日。整个夏天，夫妻俩一直在山里，百合子一天不落地记日记。她打理院子，照顾泰淳，显得很有活力，也很少在日记中表露动摇，只有一回，她写道："有时候，我充满不安，像光靠双手摸索，像一直在用笊篱打水。"这一年，她笔下的日常有种深邃的宁静感，仿佛一切都变成了慢镜头。

> 早上，阳光一照下来，便来了五只黑凤蝶——不知道它们之前在雨中是怎么度过的——整个儿钻进矮牵牛花的喇叭里吸蜜。翅膀的扇动无力。天气好，所以我把各种东西拿出来晒。丈夫把牙刷和杯子拿来晾晒。他自己也一动不动地闭着眼坐在杯子旁边。阿球

也在他旁边闭着眼。下午,我用淋浴给丈夫洗头。想接着给他洗身体,他说洗多了会变得糊涂,不肯洗。傍晚,我带着阿球散步到很远。阿球飞奔着跟过来。入夜,下起小雨。雨很快停了。来到院子,满满的百合香。我明年想种一大堆百合球根。想要明年也两个人健健康康地来山上。(《富士日记》,1976.9.1)

9月9日是最后的山居日记。离开时,百合子对管理处说,等到红叶的季节会再来。9月14日,在东京的百合子开始写日记——这在以前从未有过。东京的日记从14日不间断地写到21日,这是泰淳最后在家的时期。泰淳原定出席9月16日谷崎润一郎奖的选评会,当天临时决定不去。晚上,百合子的弟弟和一位医生来看望。医生说,泰淳的肝脏有问题,随后私下告诉百合子,应该去做全面检查。此后的几天,百合子一直在联系病床。21日,终于定下可以住院,竹内好和埴谷雄高来探望。当着客人的面,泰淳半开玩笑地讨要啤酒喝,反复说:"请给我一罐啤酒。我并不是什么可疑的人。"

之后,他吃了药(几乎都是消化药和维生素C),

像是神清气爽地入睡。我和花子醒着，等待明天早上。对面山丘上新建的公寓有两个房间一直明晃晃地亮着灯，屋里的椅子和家什都清晰可见。还看见有人在里面站立和行走。每当我有些困，就注视那些房间，等待天亮。夜里一直在下雨，风也变大了。早上，风停了，只有小雨在下。（《富士日记》，1976.9.21）

全部日记到此终结。22日凌晨，百合子请中央公论社派人手，《海》的现任主编墙嘉彦和村松友视一起过来，帮忙把泰淳抬上救护车。

住院两周后，泰淳因胃癌和已转移的肝癌去世，终年六十四岁。

葬礼来了许多出版界人士，五十一岁的百合子显得开朗，还半开玩笑地对大家说："新寡是很受欢迎的。"赤坂的复式公寓内挤满了编辑们，年轻编辑多在二楼，村松友视也在其中。墙嘉彦来到二楼，向他招手，待他走近后，主编难掩兴奋地说起，听说百合子积存了大量写于山庄的日记，想要向她约稿。

虽然主编出于好意，把向百合子约稿的任务交给自己，但这些年来，村松友视已不仅仅是泰淳的编辑，更是武田家的朋友。故人刚走便向其遗孀要稿子，他感到自己做不到，当场拒绝。于是由主编向百合子提出约稿事宜，并迅速敲定，日记将会刊登在"武田泰淳追悼特辑"。事情谈完了，百合子上楼经过村松友视身边，低声笑道："村松，你没有勇气啊。"

或许就在那个瞬间，一直在作家身旁的妻子、助理和影子消失不见，兰波咖啡馆时代的百合子回来了，同时，身为随笔作家的武田百合子悄然出现。

两个月后，《富士日记——今年的夏天》变成铅字，内容是百合子当年夏天的日记。其后的一年，百合子最初的三年多的日记以《不二小大居百花庵日记》的标题在《海》做了连载。题名的由来，是百合子誊抄日记时，发现最早的一本日记本环衬上有泰淳的字迹，"不二小大居百花庵日记　武田泰淳"。当初泰淳给山庄取过各种各样的名字，这是其中之一，嵌入了百合子与花的名字。

连载后成书的《富士日记》由中央公社论出版，包含了百合子十三年间的全部日记（以及泰淳和花的几篇），此书迅速捕获了一大批读者，至今仍被许多人阅读。要说原因，很简单，因为百合子其人其文，充满魅力。

百合子的文字毫不矫饰，和她自身一样充满生命力。她写山中四季，写夫妻吵架，写兔子啃掉了所有种下的花草（她毫不气馁，甚至打算下次种胡萝卜给兔子吃）。夏天，无籽葡萄的季节，武田家每天吃葡萄。放在桌上的葡萄常有蜜蜂来咬个洞吸葡萄汁。百合子打开果酱，蜜蜂也来吃。又开一罐蜂蜜，蜜蜂更开心了。她觉得蜜蜂可怜，想要告诉它，蜂蜜原本是你做的。她觉得总来吃东西的蜜蜂是同一只，在它身上用红色马克笔做了标记，发现果然是同一只。

> 值得敬畏的大吃货蜜蜂。我向丈夫宣布了这一研究结果，他说："和百合子一模一样啊。"（《富士日记》，1967.8.10）

她写深夜开车回家，泰淳把全部房间的灯开着，远远望见灯火通明的房子时，她的心头忽生眷恋。她笔下映出昭和时代的日常，从最初只有收音机，到电视出现。大部分日记详细记录了每天三顿饭的内容，不提烹饪法，也少有评价，只有做得难吃时会着重写一笔——奇怪的是，菜单的罗列反会诱发读者的食欲。遇上和朋友聚餐，便写得详细些，譬如竹内好来的那次吃的寿喜烧。

> 牛肉带了一点紫色，煮出了泡，吃了会不会有人死掉？我这样一边想一边吃，味道并无异常。（《富士日记》，1965.5.17）

总之，那是同时兼具简洁和细致、冷静和热情的日记。不辩解，不粉饰，不感慨。百合子真的像泰淳最初要求的那般，一路写来。

《富士日记》1974年7月的最后，有一段补记，节录如下——

> 他原本就是个嫌麻烦的人，能让我做的事都让我做，从开始写《富士》到他生病后，更是把杂事都交给我。从这段时期开始，日记简短，字大。有一搭没一搭地写。我又忙又累，写日记变得麻烦……
>
> 不写日记的山居的日子，有过哪些事呢？同每年一样，雪融，万物发芽，樱花开，长出新叶。我们仿佛等不及地来山上。武田做日光浴，割草，喝易拉罐啤酒，读书看电视。一到7月，他就开心地说："呀，

聒噪的大冈今年也会来呢。""大冈那家伙,已经来了吗?你去看看。"如果大冈一阵子没来,他就说:"你去讲一声,请过来玩。"——我们还是这样过。

我不再去湖里游泳,在房前的院子里和大门周围种了一堆全是夏天开的花。武田愕然失笑,说我的劲头简直像个神经病,但他在晨昏时分长时间地蹲在花田里,摸摸花,痴痴地看。他把他的喜悦呈现给我。

我有时越说越来劲,把武田气得发抖,或是让他的心情低落。有时候,他那种无法形容的目光会让我彻底沉默。身体好的我,在身体一年比一年差的人的身旁,吃很多,说很多话,大声地笑,在院子跑上跑下,毫不掩饰心情的起落,我是个多么粗野和迟钝的女人啊。

《富士日记》于1977年获田村俊子奖,成为最后一届获奖作。有些人从百合子年轻时就熟悉她,如埴谷雄高,他在各种场合反复说,日记体现了百合子一贯的才气;像村松友视这样的"新朋友",则只有惊叹的份;而更多的人,往往以为百合子是在为泰淳担任口述笔记员的过程中"学会了写作"。

笔的重量

在百合子的女儿武田花眼中的她又是怎样的呢?

中学被送去住校时,武田花起初有种被抛弃的感觉,好在很快适应了住校生活。有时妈妈像是忽然想起来似的打来电话,送吃的到学校宿舍所在的三鹰台。隔着宿舍的铁门,妈妈把装有零食的纸袋递过来。因为吃了太多零食,武田花经常流鼻血。

只要武田花在家,爸爸睡了之后,妈妈常带她去夜游。所谓夜游,就是开车到青山的"你们的"(Yours)。那是1964年开设的进口超市,一开始营业到凌晨一点,后来变成二十四小时。许多演艺界人士都去那里购物。妈妈会买一大堆进口食品,回家用预拌粉做点心。

有一年赏花,一家人喝了清酒又喝葡萄酒,醉了的百合子对性格内向的武田花说:"你像这样,将来很难。高兴的时候就要做出高兴的样子,想要的时候就要说想要。你整天都在想些什么,究竟有什么思考,说来听听——"

花被说哭了,叫道:"就算努力想,也没有想法。就算想要思考,也没有思想。可我想要活着。就只是想要活着。"

一直闭眼躺在地上的爸爸忽然笑道:"百合子输了。"

武田花大学毕业后做过各种工作,都不持久。摄影这项爱好倒是一直没变。她爱拍穷街陋巷和流浪猫,三十五岁才办了小小的摄影作品展。1990年,三十九岁的武田花拿了木村伊兵卫奖,该奖项被称作"摄影界的芥川奖"。她出过几本摄影随笔集,文风与父母全不相像。但照片和文字,呈现出她看待事物的方式,其中隐隐有百合子的影子。

在誊抄《富士日记》的过程中,百合子对遣词造句逐一做了细微的改写,年少时爱读诗的她,对文字是非常讲究的。《富士日记》之后,百合子陆续出了四本书。1979年的《狗看见星星》是与泰淳、竹内好那次去苏联旅行的日记,获读卖文学奖。其后是《语言的餐桌》《游览日记》《日日杂记》,分别出版于1984、1987和1992年。四本书的体量都不大,与她对文字以及选篇的讲究不无关系。最后三本可以算是精选集,尤其是《日日杂记》,语言愈加凝练成熟。

有一个问题是所有喜爱《富士日记》的读者都想要问的——泰淳走后,百合子还写日记吗?

她自己说再没有写过,尽管《日日杂记》采取了不设年月日的日记体。

百合子具有强烈个人风格的作品如同磁场,吸引了一批人,她身边不仅有常来往的中村真一郎夫妻、大冈开平夫妻和埴谷雄高等老友,其交友圈更进一步扩展开去。新朋友们无一例外,都对她的文字乃至个人怀着"粉丝"的心情。譬如以"阿佐田哲也"为笔名写《麻雀放浪记》的色川武大、女演员加藤治子、引领"路上观察学"的赤濑川原平,以及剧作家唐十郎。

当然,她最重要的吃喝和旅行伴侣,是经历过一次婚姻又回到娘家的武田花。从百合子的文章看,母女俩游逛的地点也很别致:浅草一处老旧的游乐场"花屋敷",摆着熊标本的跳蚤市场,有许多陪酒女去泡澡的温泉,蛇类中心……

她也少不了重返故地。武田山庄还留着,每年夏天,百合子都会回去。另一处必去的是京都知恩院,泰淳的遗骨有一部分葬在那里。墓碑上有泰淳的手书,"泰淳百合子比翼之地",于是看守墓地的大叔以为她是给一个叫百合子的人扫墓。

> 每当别人弄错了我家猫狗的毛色体形,我总是忍不住认真地一一订正,说道,不对,我家的猫是三花猫,不瘦。但对大叔的这种误会,我不放在心上。倘

若樟树根下埋着另一个我,也不坏。(《日日杂记》,北京日报出版社,2022)

《日日杂记》的扉页写着"致离世的人们",可以说,这正是百合子的写作的出发点。通过文字的魔法,重现业已消逝的人与事,唤回她所珍重的整个世界。全书充满了生之眷恋和死之预感。这些文章从1988年起连载于《嘉人》杂志,共四年,百合子执笔时不过六十多岁,按理文中不该有如此浓重的暮年感,可能她在这时身体状况已不甚佳。

那之前,1986年,百合子说要庆祝自己满六十岁,独自去德国找弟弟铃木修,在弟弟家待了一个月。修要上班,她带着地图每天独自出门玩,让修一家颇为震惊。赴德前,百合子把日记本和稿件收在行李箱和茶盒里,对女儿说,如果我死了,就把这些都烧掉。她从德国给女儿寄了大大小小许多礼物,还写了大量的明信片。

1992年发表于 Poetica 的《在成田》,写的就是德国之旅临出发那天,女儿来成田机场送别的情景。文章很短,是百合子发表的最后一篇作品。

百合子于1993年去世,死因是肝硬化。泰淳走后,她活了十七年。好友中村真一郎为她身后出版的《武田百合子全作品集》撰文,其中提道:"泰淳去世后,为了脱离那份悲伤,数年之间,百合子的苦行之卓绝,就算她诙谐地讲起,也让人听不下去。"

曾经的新人编辑村松友视逐渐变得资深,他担任了《富士日记》的责编,又在1980年成了作家。其间也有些波折,他起初写小说不成,偶然应邀写了关于职业摔跤的非虚构,一举成为畅销书。直到四十二岁那年,他的小说获直木奖。

村松友视一直想为百合子的文字"正名",在他看来,百合子不仅仅是"泰淳遗孀",她本身就是具有诗人天性的作家。他做了许多工作,不仅去见了武田花、百合子的弟弟铃木修,还找到百合子的中学同学,从后者处获得珍贵的资料,中学同学们办的同人杂志《贝壳》,收录有百合子不同时期的稿子。目睹十来岁的百合子写的诗,身为年轻妈妈的百合子写的书信体随笔,村松友视终于明白,为什么泰淳过世后,《眩晕的散步》获野间文艺奖,埴谷雄高在颁奖仪式的致辞中说道:"此处进行的不是通常意义上的口述,而是真正的合作。"作为一路看着泰淳走过来的老友,埴谷雄高当然能分辨出百合子给泰淳世界观乃至创作带来的影响。

而且,在《狗看见星星》出版后,《眩晕的散步》长达两章的"借鉴",也足够明显。不过,大概因为两位作家均已离世,日本文坛很少提及此事。

村松友视把对百合子人生历程的追寻经过写成《百合子女士是什么颜色:通往武田百合子的旅程》,是一本有意思的传记,值得所有百合子粉丝读。书中提到,泰淳过世后,百合子有种种变化,变化之一是,她不再轻声细语,嗓门大而清晰,特别有穿透力。中央公论社编辑们每月一次和她聚餐,先是在饭馆,有一回,村松友视离席去厕所,忽然发现百合子的说话声响彻全场,顿觉尴尬,从此便把会场挪到武田家。

武田花遵照百合子生前的话,烧掉了两只装有手稿的箱子。各家出版社都想出版百合子过去没成书的稿件,武田花多次拒绝,直到她也六十多岁了,才决定在自己还有体力时整理出版母亲的文字。2017年由中央公论新社推出的《那时候:单行本未收录随笔集》是一本厚书,至此,武田百合子的作品终于完整面世。

按理,关于武田百合子,写到此处便该结束,但还需要提到一件小事,或者说一篇文章。这篇文章的诞生过程及其内容,蕴含了构成"作家武田百合子"的诸多要素。

和武田花年纪相仿的堀切直人,是另一个与百合子有关的编辑兼作者,后来和村松友视一样成了武田家的酒友。他从早稻田大学文学部退学,主要从事幻想文学和唐十郎作品相关的评论。有段时间,他为一家小出版社北宋社做一套书系的策划,"印象的文学志",先出了两本,分别是《红花 蓝花》(吉行淳之介监修)、《水底的女人》(岛尾敏雄监修)。监修就是借用前辈作家的名头,实际选编的工作由堀切直人独自完成。

堀切直人曾在杂志上看到过武田百合子和深泽七郎的对谈实录,留下了深刻印象,仅凭这一印象,他寄去第一辑的样书,附信请百合子担任监修,并提议,新一辑就叫《吃东西的女人》。不用说,百合子拒绝了。堀切直人又要求见面。百合子读过书,觉得喜欢,便答应了。根据《红花 蓝花》的选篇,她以为来的会是个五十出头、穿风衣的潇洒男子,结果来了一看,是个大块头年轻人,"像个修空调或电视机的,啪嗒啪嗒走了进来"。百合子重申了拒绝之意,并说,我的名字放在上面,对你们来说不好卖。客人既坐下了,总要招待。等百合子端出啤酒和吃食，对方毫不拘束，吃喝聊天。这一聊，两人全无年龄差，很愉快，百合子终于同意挂名，并为这本书写了一篇短稿《枇杷》（后来收在《语言的餐桌》）。

短稿最初的底本来自早年的日记。

吃枇杷。丈夫吃了切碎的枇杷。说好吃。丈夫慢慢吃完两个的时间，我吃了八个。好吃。（《富士日记》，1970.6.29）

到了《枇杷》，呈现出更加丰富的形象。

我在吃枇杷，丈夫走过来，在对面坐下说，也给我一点。难得他这么说。这人喜欢吃肉，不会主动吃水果。

"我的切成薄片。"

我把枇杷像切生鱼片那样切了，丈夫等不及，拿起一片塞进嘴里。

"啊，好吃。"

枇杷汁滴滴答答地顺着手指，流到手腕上。

"原来枇杷是这么好吃的东西。我都不知道。"

笔的重量

　　他把枇杷一片片地塞进嘴里，用上了弯曲并有点颤抖的四根手指。然后紧闭着嘴唇，把枇杷在嘴里转啊转地咀嚼，花了很长的时间，用牙龈嚼烂，咽下去。用牙龈咀嚼，比起有牙齿的人，必须让整张脸的肌肉好一番上上下下，很辛苦。他的嘴角沁出了枇杷汁。眼角甚至积了些像泪水的汗水。

　　像这样吃完两个枇杷，他"啧"地弹一下舌头，张开微微泛红的没牙的嘴，不出声地笑了。

　　"我正想吃这种滋味的东西呢。我不知道自己想吃的是什么，正坐立不安来着。原来我想吃枇杷啊。"……

　　我有种感觉——说不定那时候，我吃的是枇杷，却也吃了那个人的手指和手。我记得，丈夫吃完两个的时候，我吃了八个。

　　百合子在《富士日记》的后记中写道："我想，要是武田没有死，日记本不会变成活字，会一直收在壁橱角落的纸箱里。"的确，如果她先于泰淳离世，很可能，人们自始至终只会把她当作泰淳的妻子和口述笔记员。她曾是泰淳笔下的"房子""光子"，又变幻作"十三妹"和其他女主角，后来真实感逐渐压过虚构性，终于落到实处，成为晚期作品中的"百合子""老婆"。事实上，她也有她的声音，一贯清晰、准确，描摹她眼中的世间。如果说《语言的餐桌》等书是不可多见的随笔精品，《富士日记》和《狗看见星星》则是不可思议的门，推开那扇门，你会发现自己置身于昭和时代的富士山某处，或是丝路沿途的某座城。